L'ÎLE

DES

CYGNES

PAR

Roger de Beauvoir.

I

PARIS

DUMONT, ÉDITEUR,

PALAIS-ROYAL, 88, AU SALON LITTÉRAIRE.

1841

L'ILE DES CYGNES.

SCEAUX. — IMPRIMERIE DE E. DÉPÉE.

L'ÎLE

DES

CYGNES

PAR

Roger de Beauvoir.

1

PARIS

DUMONT, ÉDITEUR,

PALAIS-ROYAL, 88, AU SALON LITTÉRAIRE

—

1841

A MADAME LA COMTESSE D'A....

Il y avait autrefois à Madrid, ma chère Comtesse, une île charmante et fraîche au milieu de ce jardin si triste et si poudreux aujourd'hui qu'on appelle encore le *Retiro*. De belles dames de la Cour, non moins vives et non moins aimables que vous, venaient jeter en ce lieu des miettes de pain aux cygnes du palais. Elles arrivaient à l'île au son des instruments et sous le parasol aux franges d'or. Depuis Elisabeth de Bourbon jusqu'à la reine Maria-Luisa et à la jolie petite duchesse d'Albe, que de têtes rayonnantes a dû réfléchir le cristal pur de cette onde! Aujourd'hui, hélas! l'île a été détruite, il ne reste plus qu'un grand bassin bien symétrique, bien carré, bien constitutionnel; à sa balustrade s'appuie, le dimanche, le peuple bariolé de Madrid. J'allais souvent en ce lieu causer avec le chanoine don Nicasio C....., un fort galant homme. C'était le matin et pendant la semaine, et nous étions presque les seuls promeneurs du jardin. Au milieu de nos *romanceros* habituels, de nos causeries et de nos histoires, bien des fois une larme du digne chanoine venait rider

la nappe limpide du bassin ; don Nicasio
C.... songeait alors à ce que l'Espagne
était jadis ! Ce vieillard avait vu l'île des
Cygnes, ainsi n'allez pas croire ma tra-
dition fabuleuse. Lisez donc s'il vous
plaît, avec cette indulgence dont vos œuvres seules peuvent se passer, ces trois
récits espagnols.

Paris, avril 1844

LE CYGNE.

I

Nicolasito.

Par une magnifique soirée du mois de juillet
1632, les grilles du Buen-Retiro venaient de
s'ouvrir, et les sentinelles, échelonnées depuis
l'entrée du palais, semblaient attendre le carrosse royal qui devait ramener Philippe IV
d'Aranjuez, lorsqu'un personnage, vêtu de
noir de la tête aux pieds, entra par le côté du

jardin qui renferme aujourd'hui la *Casa de fieras* *.

Il était suivi d'une sorte de petit homme à jambes torses, aux lèvres aplaties, au nez luisant, qui marchait, à quelques pas de distance de notre cavalier, de l'air d'un boule-dogue à la fois soumis et renfrogné, jetant de temps à autre un œil d'envie sur les singes et les léopards de la ménagerie royale, qui s'agitaient ou dormaient sous leurs barreaux. Ce curieux serviteur d'un des cavaliers les plus élégants de Madrid, appartenait à cette classe aujourd'hui sans vogue et sans but, mais qui alors était un ornement indispensable de certaines cours, — celles d'Italie, de France et d'Espagne avant toutes les autres : — c'était un nain.

Celui-ci gardait en ses moindres mouvements une force et une agilité singulières ; il tenait à la fois du chat-tigre et du lion. Une crinière

* Ménagerie des animaux.

épaisse qui se hérissait sur un front bas et dé-
primé, des mains et des pieds grotesquement
larges, des épaules d'une carrure herculéenne,
et par-dessus tout cela, un buste long et formant
vers le bas une sorte de cuirasse à la poulaine;
tels étaient les traits distinctifs qui eussent fait
reconnaître cet agréable Lapon, dont le seul
costume disait assez la profession près de son
maître.

Il portait, en effet, une jaquette verte sur
laquelle retombaient jusqu'à ses pieds des manches flottantes d'un beau rouge de laque; il avait
la barbe taillée à l'espagnole, et au-dessus de
cette barbe deux moustaches en croc, cirées de
façon à singer un vrai seigneur. Une ample col-
lerette blanche à broderie servait de cadre naturel à sa tête démesurément grosse, et de
fortes sandales à houpes noires serraient son
pied.

Les honnêtes bourgeois de Madrid, qui avaient

pu voir en ce temps-là, comme nous l'avons vu
nous-mêmes au Musée royal, la série de nains
dessinée par Velasquez, auraient mis bien vite
un nom sur cette figure : c'était en effet Nicolasito, dont plus d'une fois le pinceau de cet
admirable maitre reproduisit les allures grotes-
ques, ne fût-ce que pour l'employer comme
repoussoir en peinture près des adorables têtes
de princesses que le peintre de Philippe IV se
vit appelé à peindre.

Velasquez, — car c'était lui qui se faisait suivre alors dans les jardins du Buen-Retiro par
ce chef-d'œuvre vivant de difformité et de laideur, — se trouvant tout d'un coup à quelque
distance de son nain, tira de sa ceinture un petit
sifflet d'argent et se mit en devoir de l'appeler.
Il se trouvait alors près de ce bel étang nommé
autrefois l'*Ile des Cygnes*.

— Que regardais-tu, Nicolasito? demanda-
t-il à son page noir, qui ne paraissait quitter

qu'à regret un spectacle qui semblait l'intéres-
ser. Appuyé sur la balustrade de marbre qui
encadre l'étang et que jaspaient alors les tièdes
lueurs de la lune, le nain regardait un cygne
qui fendait l'onde, les plumes gonflées par le
vent, et répandant autour de lui une auréole de
blancheur sur ces eaux d'azur ....

— Rien, Senor, rien qui en vaille la peine,
à coup sûr, répondit le nain qui revenait tout
en nage. Un sourire affreux, indéfinissable, décrivait alors sur ses lèvres un rictus qui faisait
courir sa bouche d'une oreille à l'autre.

— Mais quoi encore? demanda le peintre.
Ne connais-tu donc pas le Buen-Retiro, et ne
sais-tu pas ce qu'il renferme?

Le nain baissa la tête, comme s'il eût craint
que son maître ne vînt à sonder sa pensée. Le
regard insistant de Velasquez et surtout le temps
d'arrêt qu'il fit alors devant l'étang royal, embarrassant le hideux Nicolasito, il montra à

l'artiste la cabane où venait de se réfugier le cygne, et saluant le peintre du roi :

— Permettez-moi de vous rappeler, Senor, que nous arrivons de Tolède, où vous m'avez employé tout un grand mois à nettoyer vos pinceaux et poncer vos toiles. Quand je suis parti, le cygne de la reine Isabelle de Bourbon venait de mourir, et à moins que celui-ci ne soit son fantôme... C'est singulier, observa le nain, il m'a fui dès qu'il m'a vu...

— Je le crois, tu es si laid !

Cette réponse amena une véritable décomposition dans le visage de Nicolasito ; ce n'était pas pourtant le premier compliment de cette nature que sa laideur recevait. Mais en ce moment un combat intérieur semblait l'agiter ; le trait lancé par le peintre entra plus aigu dans sa poitrine que la lame d'un poignard.

— Pauvre Nicolasito ! reprit Velasquez, m'est avis que ce n'est pas le cygne que tu voulais

voir, mais bien plutôt la gardienne des cygnes
du palais, mademoiselle Blanche, que la reine
a ramenée de France avec elle ! Une charmante
fille, ma foi, et avec cela d'une bonté !... Moi,
qui ai aussi mes caprices de roi, — car je suis
peintre, — ne l'ai-je pas fait poser vingt fois
dans mon atelier, elle toujours aimable et sou-
riante, moi soucieux ? Et pourtant ce n'était pas
elle, ajouta Velasquez sans que le nain pût
l'entendre, — ce n'est pas elle que j'eusse voulu
peindre au gré de ma fougue et de ma fantaisie
d'artiste ! Quand l'astre de la nuit nous refuse
sa clarté, il faut bien ne s'adresser qu'à son
cortége d'étoiles. La femme que j'eusse voulu
fixer sur ma toile à tout jamais... immortaliser
peut-être... non, ce n'est point Blanche la Française aux yeux plus bleus que le ciel, c'est...

En ce moment, le peintre fut interrompu par
un clapotement de l'onde ; le cygne venait de
sortir de sa cabane, et il se pavanait avec orgueil

sur ces eaux aussi unies qu'un miroir. Sa beauté
enchanteresse frappa Velasquez ; le cygne tient
à la fois du poète et de la femme. D'une blancheur suave comme cette dernière, il possède
aussi des grâces incontestables et souveraines,
un amour ardent, jaloux ; comme le poète, il
chante aussi sa dernière heure ; il n'a de voix
que dans la douleur.

Nonchalamment replié sur le duvet de sa poitrine, le cou de celui-ci ressemblait à la proue
d'une gondole ; la blancheur de son plumage
n'était guère balancée que par le noir d'ébène
s'élevant à la base de son bec, pour décrire
ensuite une ligne d'un rouge vif. Les ailes frémissantes et tout épanouies d'orgueil. — car il
n'ignorait pas qu'on le regardait, — il fendait
l'onde comme une flèche lancée...En le voyant,
l'artiste ne put s'empêcher de songer à la Léda
grecque dont Jupiter ne se rendit maître qu'en

revêtant la forme séduisante de cet oiseau, qui brave lui-même les serres de l'aigle.

— Si la plus belle des mortelles, Hélène, dut le jour à cet hyménée mythologique, pensa Velasquez, la plus belle des reines, qui possède ici un pareil hôte, peut se mirer complaisamment chaque jour dans sa beauté ; noble et majestueux à la fois, il exerce une fascination égale à la sienne !

Et Velasquez suivit de l'œil les reflets chatoyants que jetaient alors sur le plumage de l'oiseau les tapis de verdure et les beaux ormes entourant l'*Ile des Cygnes*. C'était ainsi qu'on nommait l'étang créé, comme le Retiro, par la baguette magique de Philippe IV.

—Ce cygne, pensa-t-il, eut peut-être la Sprée ou le Havel pour berceau ! Postdam, Spandaw et Berlin en possèdent et en élèvent d'admirables ; l'Allemagne est leur patrie privilégiée, et le vieux comte Haro m'a souvent conté... Mais quelqu'un à remué sous ce massif de lauriers roses... J'entends des pas... poursuivit le peintre... Je ne me trompe pas, c'est notre ami Quevedo...

C'était bien en effet Quevedo le malin poète, Quevedo le satirique dont Velasquez était le compagnon de jeux et d'études, il n'y avait qu'une chose que le peintre ne pardonnait pas à l'auteur d'*El Sueno de las cavalleras*, c'était son penchant inné pour la moquerie. Arrêté en 1620, après la disgrâce du duc d'Ossone dont il était favori, et transporté dans sa terre de la Torre de Juan-Abad, où on le retint prisonnier pendant deux à trois ans, sans vouloir seulement lui permettre de mander un médecin pour lui donner les soins que réclamait sa santé, il venait enfin de voir reconnaître son innocence et de refuser l'ambassade de Gênes que lui proposait le comte-duc Olivarez, premier ministre, pour se contenter du titre de secrétaire du roi.

Mais, grâce à son esprit, plus encore qu'à ses malheurs, Quevedo se défiait de la cour, et, ses bénéfices ecclésiastiques lui formant un revenu annuel de huit cents ducats, il était en fonds pour se moquer de sots et en rire tout à l'aise. Aussi ne manqua-t-il pas de féliciter ironiquement Velasquez sur ce qu'il appelait son ambition.

—Que veux-tu dire, Francisco? demanda le peintre à son ami.

—Que tu as un singe à côté de toi, un singe que tu peux peindre à toute heure du jour et qu'il te faut maintenant un cygne? Et Quevedo montrait à la fois à Velasquez, Nicolasito et le cygne de l'étang royal.

— Oui, continua-t-il en ajustant ses lunettes sur son nez recourbé comme une griffe d'oiseau ; tu veux, mon cher, une ménagerie complète!..... Te voilà en extase devant ce cygne ;

sais-tu seulement qui l'a donné à sa très gracieuse
majesté Isabelle de Bourbon ?

— Ma foi non, reprit Velasquez, j'admirais
ici son port de roi ; seulement, comme tous les
rois, il a l'air de s'ennuyer ; il est tout seul !

-- Je le crois, un vent de malheur qui souf-
flait il y a six mois, l'hiver dernier, des hauteurs
de notre froide Guadarama, avait tué les cygnes
de cet étang ; d'autres prétendent que je ne sais
quelle main traîtresse avait empoisonné le grain
et les herbes qu'on leur donnait. La reine jeta
les hauts cris, elle aimait ses cygnes autant
qu'elle déteste le comte-duc Olivarez.

— Plus bas, Quevedo, plus bas !

— Tu as raison, ton nain a des oreilles d'es-
cribano ou d'alcade..., longues et rouges, c'est
tout dire... Écarte-le.

Velasquez fit un geste, Nicolasito s'éloigna
d'un air rechigné et se perdit sous les arbres.

— Donc, poursuivit Quevedo, c'était pour

elle une désolation !... A telle enseigne, vois-tu,
que son digne mari, le roi Philippe IV lui adressait par forme de consolation, des sonnets...
Oh! mais des sonnets! Il n'y a que les rois pour
faire tout ce qu'ils veulent, même des sonnets !...
poursuivit Quevedo malicieusement.

— Les sonnets du roi ne calmaient pas la
douleur fort légitime de la reine, et cependant,
les siens, tu le sais, sont excellents, de par lui...
et son ministre ! Mais ne voilà-t-il pas qu'un
jour, en se promenant sur ces belles pelouses,
la reine aperçoit un magnifique cygne, un cygne
dont la neige le disputait à celle de ses épaules...
Loin d'en être jalouse, elle l'appelle, et ce courtisan d'un nouveau genre vient manger les
miettes royales que lui prodigue sa belle main...
D'où venait-il? Qui l'avait amené au Retiro? On
l'ignore. Ce n'est pas moi, à coup sûr. Le roi
fronça le sourcil, il n'était pour rien, assure-t-on,
dans le cadeau ; mais comme il a été sévèrement

élevé par don Balthazar Zuniga, oncle du premier ministre :

— Madame, reprit-il, je suis heureux de voir que ce cygne ne vous déplait pas. Je l'ai fait venir de Hollande par don Guiomar, mon ambassadeur en ce pays.—On reçut bientôt des nouvelles de don Guiomar ; il était mort depuis peu, mais trois à quatre mois avant le cadeau. Voilà toute l'histoire, tu peux en faire un tableau et moi un poëme!... Mais nous ferons mieux, crois moi, d'aller au palais où l'on nous attend, au cercle de la jeune reine. Tu sais que sa majesté revient ce soir d'Aranjuez où elle a été chasser ; nous trouverons dans la galerie notre féal et cher camarade Pedro Calderon, don Luis de Gongora, Lope de Vega, le cercle habituel des poètes, enfin. Il n'y a pas jusqu'à ce damné comte Villamediana qui ne s'en mêle ! Il m'a lu ces jours-ci un sonnet galant.

— Le comte de Villamediana? reprit Velas-

quez, je le connais, un charmant cavalier, de la
grâce, de l'esprit, de grandes manières ; il m'a
servi de témoin dans un duel?

— Tu t'en mêles aussi.

— Pourquoi pas? En ce temps, vois-tu, il
faut s'escrimer, Quevedo, du pinceau et de
l'épée. C'était pour une délicieuse personne, la
nièce du chanoine de Fonseca dont je faisais
alors le portrait. Avant de posséder le nain que
tu vois, je m'étais attaché, tu le sais, un jeune
paysan qui me suivait partout ; un vrai modèle,
je le faisais rire et pleurer comme tu ferais toi
rire et pleurer avec une pièce de vers ; le chanoine Fonseca trouva le moyen de l'intimider à
l'aide de je ne sais quel bravache qu'il lui dé-
pêcha, le pauvre garçon vendit mon secret, et
alors...

— Alors...

— Eh bien! c'était dans la rue du Turc, à

Madrid... il faisait noir comme dans un four...
et je ne voyais pas devant moi, aveuglé comme
je l'étais par le vent, — tout d'un coup, un
homme fondit sur moi l'épée haute, et me cria
de me mettre en garde... — J'obéis, mais voilà
que du premier coup de riposte, mon épée se
casse comme du verre... le lâche n'en tenait
compte et m'allait percer, lorsqu'un bruit de
carrosse retentit à deux pas de nous. En même
temps, et aussi prompt que l'éclair, un jeune
homme s'élance par la portière et me met en
main son épée. — Ne le ménagez pas, s'écria-t-il,
c'est Gaspar l'*estafador*, il en fait métier; mais
jusqu'ici cette lame m'a porté bonheur, dégagez
avec elle de cette façon ! Et me tenant lui-même
la main avec un poignet d'acier, il envoya à
Gaspar Orellana, — c'était ainsi que se nommait mon adversaire, — un coup admirable en
pleine poitrine. Le Gaspar tomba comme un
géant, en proférant deux jurements au milieu

desquels j'appris le nom de mon sauveur, c'était le comte Villamediana !

— Par le ciel ! voilà un beau trait. Moi qui ai dû fuir en Sicile après ma dernière affaire de Madrid...

— Celle-ci, grâce à la renommée du Gaspar, n'eut aucune suite ; seulement le comte voulut que je gardasse son épée. Son épée ! Quevedo, elle ne me quitte pas plus que son souvenir, tu peux l'examiner, la voici !

Velasquez présentait à son ami une belle épée à coquille fort richement ouvragée ; le chiffre du comte de Villamediana ornait sa garde.

— Dieu veuille qu'il manie la plume comme le fer, reprit Quevedo, car il refait, dit-on, quelquefois les vers de sa majesté catholique ! Un rude emploi, Velasquez !

— Toujours de la satire, Quevedo, oublies-tu que tu es son secrétaire ?

— J'en ai accepté le titre, c'est vrai; mais je
compte bien n'en jamais remplir l'emploi. Un
prince jaloux, soupçonneux, se réveillant la
nuit et dormant à peine le jour, traitant sa
femme comme un ministre, et affectant de ne
voir en elle qu'une Française étrangère à ses
habitudes et à ses goûts, un prince façonné par
don Balthasar Zuniga et obéissant à Olivarez,
vaniteux et poète comme si l'Espagne n'avait
pas Calderon et moi!....

— Tu te mets en bonne compagnie...

— Je fais des portraits ressemblants, et voilà
tout. Ne m'en voulez pas, seigneur Velasquez,
d'aller sur vos brisées, mais je vois d'ici le
comte d'Orgaz causant au balcon de la galerie
royale avec don Luis de Haro. Les salons s'il-
luminent, il y a ce soir jeu et cercle chez la
reine. Le froid est assez vif pour justifier le pro-
verbe que l'on a fait sur lui à Madrid. Ne viens-
tu pas?

— Je te suis, répondit le peintre, en faisant signe à son nain de l'accompagner.

Nicolasito semblait alors plongé dans une indicible rêverie. Ses deux yeux, luisants comme les charbons d'un brasero, étaient attachés sur le cygne qui décrivait encore au milieu du bassin des sillons limpides, argentés... Peut-être le nain comparait-il alors intérieurement sa difforme enveloppe avec celle de ce bel oiseau, car son front s'était assombri... Un collier royal, un collier d'or fermé par une perle d'un poids et d'une richesse inestimables, perle entourée de saphirs et d'émeraudes, répandait sa pluie de feu, à la lune, sur le sein éclatant du cygne; il arrangeait alors son plumage; il puisait l'eau dans l'étang et la répandait ensuite comme une rosée d'aromates sur son dos et sur ses ailes. Le même miroir qui servait au cygne pour admirer sa beauté, servait aussi à Nicolasito pour se convaincre de son horrible et cruelle lai-

deur; il demeurait morne et pensif, il enviait...
Par une réaction concevable sur sa nature hâve
et chétive, il s'imaginait alors que cette beauté
importune qu'il regardait, avait un corps et une
âme, qu'elle allait parler, le maudire peut-être...
Mille sentiments jaloux l'aiguillonnaient, et au
lieu de suivre son maître engagé avec Quevedo
dans les détours d'une allée sombre qui conduisait à l'un des escaliers secrets du palais, il
préféra encourir sa colère et rester devant le
bassin. Seulement il eut soin de se blottir sous
un massif, et là, pendant que les lumières cou-
raient les appartements du palais, et semblaient
scintiller à son front noir comme autant d'é-
toiles, il examina avec une attention mélanco-
lique le lieu où il se trouvait.

Dans ce jardin du Buen-Retiro, qui afflige
aujourd'hui le regard par son abandon, au sein
de cette lande aride où l'on ne trouve guère en
1845 que des allées malades et des eaux qui

ont l'air d'avoir la fièvre, s'élevait en 1652, à
la voix du roi Philippe IV, un parterre immense,
coupé çà et là de charmants bosquets et d'eaux
vives; ce lieu était alors un véritable lieu de
plaisance dont le roi d'Espagne, à la sollicita-
tion du comte-duc Olivarez, venait d'acheter le
terrain. Le Retiro devait s'embellir par les soins
d'une monarchie; son dépérissement a suivi la
chute de la royauté. A l'heure qu'il est, jamais
le râteau ne s'y promène; jamais le ciseau du
jardinier n'élague ou ne façonne ses branches.
Comparez le Retiro à Versailles, où s'épandent
les cascades aux plis d'argent; à Saint-Cloud,
dont le vent agite les arbres gigantesques; à
Borghèse, dont les eaux chantent; à Windsor,
dont la mousse a du velours, et vous aurez la
clé de la prodigieuse tristesse des rois ou princesses de France transplantés tout d'un coup
devant son horizon nu et rétréci. Presque tous
les princes de la maison de Bourbon sont morts

en Espagne, rongés de consomption et de misère. Philippe V avait abdiqué pour Louis Ier,
tout en foulant du pied ces jardins et ces pelouses ; la femme de Charles II, Marie-Louise d'Orléans, veuve et reine tout à la fois, du vivant
de son époux, confiait ses douleurs à ces jets
d'eau et à ces feuillages. Jamais habitation royale
n'eut moins l'apparence d'un palais que le Buen-
Retiro ; Philippe V, Ferdinand VI et Charles III
y firent cependant des installations successives.

C'était sans doute pour combattre ou affai-
blir chez la reine d'Espagne, la fille de Henri IV,
de tels sentiments de tristesse, que le ministre
avait conseillé à son maitre de donner à la partie
des jardins où se trouvait l'île des Cygnes, un
développement aussi pittoresque et aussi royal
que celui devant lequel le nain poursuivait alors
sa rêverie.

Des arbres du Nord, irrigés à grands frais
par des tuyaux souterrains, une végétation fac-

tice mais luxuriante, des pavillons dans le goût
égyptien, des allées se croisant en mille sens,
quelques-unes descendant en pente douce vers
le palais, d'autres encaissant un mince ruban
de rivière aussi pure que le cristal, tels étaient
les prospects que l'œil rencontrait non loin de
la statue de Pierre Zacca, habile sculpteur venu
de Florence pour modeler la statue équestre de
Philippe IV.

Le silence était profond, la nuit sereine, étoi-
lée; une lune d'argent envoyait ses rayons au
large bassin, et faisait, comme à plaisir, des
trouées lumineuses aux arbres qui avoisinaient
le pavillon situé devant l'île des Cygnes. Des
brises suaves, chargées de tous les parfums délicieux du Prado, semblaient passer et s'abattre
sur ces eaux paisibles, reflétant alors le long
cordon de marbre de la balustrade. Le bruit des
musiques jetait çà et là dans cette partie du
jardin des folles bouffées de symphonie. Ac-

croupi dans le plus épais fourré du bouquet
d'arbres planté devant le bassin, Nicolasito observait encore le cygne de la reine dont il semblait souffrir si impatiemment la beauté, lorsque tout d'un coup il le vit gravir à son grand
étonnement les marbres de sa cabane et se poser d'un air inquiet sur les premiers échelons
garnis de mousse qui formaient son toit pointu.
L'oiseau regardait vers le Buen-Retiro avec une
sorte d'inquiétude... En cet instant même, des
pas légers retentirent sur le sable, et une robe
blanche se dessina sur le vert glauque des allées.

Le cygne agitait alors ses ailes frémissantes;
il semblait aussi joyeux que fier de la visite qu'il
allait recevoir. C'était en effet vers lui que se
dirigeait alors une belle jeune fille; Nicolasito
réprima un cri étouffé en reconnaissant ses
traits. Elle s'approcha familièrement de l'oiseau
et lui donna à manger, dans sa main même,

du grain, du pain et des herbes. Puis, comme
si elle eût été pressée ce soir-là d'abréger la
visite de sa cabane, elle en surveilla d'un coup-
d'œil la soigneuse propreté, regarda l'avoine
qui était pour l'hôte du bassin un mets friand,
et dont la provision n'était pas encore épuisée
dans sa corbeille; et, après avoir flatté de sa
douce main le cou de l'oiseau, elle écarta mollement son aile et prit un billet qui s'y trouvait
suspendu à l'aide d'un fil aussi blanc que son
plumage...

Elle allait partir et regagner le palais, quand
soudain la noire figure de Nicolasito se présenta
devant elle.

— Blanche, murmura le nain, qui vous a
écrit ce billet?

II

Les rubans oranges.

La présence du nain produisit sur Blanche l'effet de Satan ; ses genoux tremblèrent, sa voix se sécha dans son gosier, elle tremblait d'avoir été aperçue, surprise en cette partie isolée du Retiro, et elle se hâta de répliquer :

— Vous espionnerez donc toujours, Nicolasito?

Le nain fronça le sourcil et répondit d'un air triste :

I.   3

— Vous vous trompez, Blanche, j'étais à songer...

— A quoi?

— A la beauté de ce cygne et à ma laideur. Vous, la jolie compagne de la reine, vous qui la consolez de l'ennui de voir perpétuellement à ses côtés une raide camerera-mayor, vous êtes plus belle que le cygne qui fend ce bassin; mais moi, pauvre nain que tout le monde repousse, injurie, écrase du pied, que suis-je en cette cour, sinon un jouet, un monstre dont ils s'amusent?

— Il y a une chose qui peut racheter ce malheur, reprit Blanche avec un sourire ineffable de compassion, Nicolasito, c'est votre bonté. Mais êtes-vous bon et ne vous faites-vous pas plutôt une étude de servir les mauvaises passions, les vices de ceux qui vous paient? Un seigneur de Madrid, le comte de Villamediana, prétendait l'autre jour devant la reine qu'il s'é-

tait vu obligé de vous punir quand vous étiez,
il y a un an, au service du duc Medina de las
Torres.

— Oui, je m'en souviens, murmura le nain
d'une voix sourde. Blanche, je n'oublie point,
je n'oublierai jamais...

— Vous étiez sur son passage, à ce que con-
tait ce noble seigneur ; il vous cria de vous déranger, vous n'en voulûtes rien faire. Son cheval se cabra, et alors...

— Alors, répondit Nicolasito, le comte me
frappa au visage de la houssine à poignée d'or
qu'il tenait en main. C'était à Aranjuez où le
roi courait le cerf. — Ne vois-tu pas, s'écria le
comte, pâle de colère, que tu as fait peur à mon
cheval, misérable nain, tu m'empêches d'aller
rejoindre la reine ! La reine, en effet, suivait la
chasse ce jour-là, et le comte de Villamediana
avait sans doute à cœur de l'approcher. Il est
jeune, il est noble, n'a-t-il pas tout ce qu'il faut

pour attirer les regards ?... J'avoue qu'en le
voyant si beau et si fier, le corps à demi-penché
sur ses étriers, sa moustache au vent, ses cheveux baignés de sueur, son œil radieux de contentement et d'orgueil, je fus pris, vis-à-vis de
cet homme, d'un horrible sentiment de jalousie. J'étais depuis une heure au soleil dans l'é-
troit ravin où passait alors le comte, et où le
duc de Medina m'avait recommandé de l'attendre ; je mourais de chaleur, de soif, de fa-
tigue, ne contenant qu'à grand'peine un énorme
chien qui menaçait à tout moment de rompre sa
chaîne, quand, d'une voix haute, arrogante, le
comte me cria de lui faire place.

— J'appartiens au duc de Medina de las Torres, répondis-je alors.

Il ne me donna pas le temps d'en dire davantage, je me relevai la figure coupée à demi
sous sa houssine, poudreux et meurtri sur le
sol où m'avait renversé son cheval. Avais-je tort

de vous dire ici, il n'y a qu'un instant, que je n'étais qu'un jouet pour ces seigneurs vaniteux? A moi le chenil des nains, Blanche; à eux le bal, les fêtes, les billets mystérieux glissés le soir sous l'aile d'un cygne! Car c'est à vous que s'adresse ce billet, poursuivit le nain en promenant sur Blanche le regard fauve et insistant de sa prunelle.

La jeune fille pâlit, elle balbutia quelques mots sans suite. Ce billet, disait-elle, était celui d'une vieille gitana, d'une Bohémienne avec laquelle, depuis qu'elle habitait Madrid, elle entretenait une correspondance cachée.

— Cette femme, ajouta Blanche, m'a prédit d'étranges choses. Que je ne reverrai d'abord jamais mon pays; puis, Nicolasito, écoutez bien ceci, car c'est de ce soir seulement que je le sais, elle a assuré que le jour où mourrait ce cygne de l'étang Royal, quelqu'un qui aime la reine mourrait aussi. Or, ce quelqu'un-là, Nicolasito, il m'est bien prouvé que c'est moi, car il n'y a personne en ce palais qui aime Isabelle de Bourbon autant que Blanche! J'avais quatorze ans lorsqu'elle m'accueillit à la cour du roi son père. Je l'aime, voyez-vous, comme j'eusse aimé ma mère, si j'eusse pu la connaître; mais ma mère était morte en me donnant le jour, j'étais sans fortune, sans amis, j'allais tendre la main, j'allais mendier! La jeune reine passa par le petit village où j'étais, elle me vit et elle m'emmena avec elle; le soir, elle me présenta elle-même au roi Henri IV, en lui disant avec une petite moue charmante : — Ne l'effrayez pas, c'est ma sœur! — Ce nom me resta, et avec ce nom un amour ardent, profond pour ma bienfaitrice. Aimer une reine! quel bonheur, Nicolasito! C'est moi qui essaie la première les parfums qui lui arrivent, les toilettes qui doivent la parer. Et cependant ma jeune maîtresse est bien triste, poursuivit Blan-

che, et si je lui apprends la prédiction de la
Bohémienne...

— Rassurez-vous, Blanche, reprit le nain
avec un sourire forcé, cette prédiction ne vous
touche en rien ; elle s'adresse à un seigneur
plus puissant que vous.

— Au roi, au roi, peut-être ? demanda Blanche en se couvrant le front de ses deux mains.
Il est vrai que nul n'aime la princesse que son
mari ; et cependant je la vois souvent pleurer.

— Blanche, reprit le nain, vous avez la clé
de l'escalier secret qui conduit aux petits appartements. J'ai désobéi à mon maître Velasquez
en ne le suivant pas tout-à-l'heure ; soyez assez
bonne pour m'introduire dans l'antichambre où
se tiennent les laquais des ricos-hombres. La
foule est grande et l'on ne m'y verra pas. D'ailleurs ne suis-je pas habitué aux coups, aux in-
jures ? Mon maître, de cette façon, ne soupçon-
nera rien de mon absence ; et quant à votre se-

cret, Blanche, à ce billet trouvé sous l'aile du
cygne, et que vous dites avoir été écrit par une
Bohémienne vouée au bûcher, je n'en dirai
rien, poursuivit Nicolasito, les nains et les
Bohémiennes pouvant se prêter la main en Espagne pour ce qui regarde l'adresse. Marchez
devant moi, je vous suis, vous avez en Nicolasito un esclave sûr et fidèle.

Dépêchons, continua-t-il, car la ronde de
nuit dont j'entends les pas pourrait fort bien
nous surprendre. Vous savez que, pour un
homme surpris par elle dans le Retiro, une fois
le roi rentré au palais, il y a prison et souvent
peine de mort !

La jeune gardienne des cygnes n'avait pas
besoin de cet avertissement de Nicolasito pour
s'occuper de rejoindre la reine au plus vite ; elle
avait voulu seulement s'assurer du silence de
ce malencontreux observateur. Tirant de sa
poche un drageoir incrusté de nacre, elle donna

au nain quelques pastilles ambrées que Nicolasito s'empressa de croquer de l'air d'un singe
lâché dans la boutique d'un confiseur. En quit-
tant le bassin royal, Blanche jeta un dernier
coup-d'œil à la cabane du cygne favori ; il y reposait chaudement couché sur un lit d'herbes et
de feuilles. Elle prit alors le chemin des petits
appartements, et ne vit pas Nicolasito ramasser
derrière elle, à quelques pas de l'étang, une
touffe de rubans oranges tombés à terre, et dont
la couleur se confondait aisément avec le sable
du sol. Le nain serra la touffe dans sa poitrine
et suivit Blanche.

III

Les Poètes du roi.

Cependant tout était rumeur et fête au palais du Retiro, le roi arrivait d'Aranjuez...

Aux portes mêmes il se vit reçu par le comte-duc, premier ministre, cet Olivarez dont le portrait équestre figure encore à cette heure, comme celui de son maître, au nombre des plus belles toiles de Velasquez; homme hardi, impérieux, mais despotique et dur à l'excès,

chargé déjà de la haine du peuple et de celle de
la noblesse, joignant à beaucoup de pénétra-
tion une application inouïe, né de l'ancienne
maison de Guzman, l'une des plus illustres de
la Castille, et qui inventait chaque jour de
nouveaux plaisirs pour détourner l'esprit du
roi des affaires. Il se tenait alors entre don
Zuniga et Luis de Haro, l'un son oncle et l'autre son neveu, et venait le premier de baiser la
main du prince. Derrière Olivarez, le regard
du souverain pouvait rencontrer Spinola, l'un
des premiers généraux de ce siècle, Spinola
aussi immortel par ses conquêtes dans les Pays-
Bas, que par le tableau admirable *des lances*
où Velasquez fit rayonner sa belle figure. Plus
loin, c'était le comte Orgaz et Luis de Gongora, le poète; car cette cour de Philippe IV
brilla, comme disent ses historiens, par une
immense flotille d'écrivains et de faiseurs de
concetti, en exceptant toutefois Calderon de la

Barca, Lope de Vega, et quelques autres.
Alors, il était de bon ton qu'un poète portât
les plus riches étoffes, les points de broderie
les plus merveilleux. Dédaignant les traces de
Garciloso et de Boscan, il devait viser surtout
à l'élégance dans la mise, à la pointe dans le
sonnet et savoir filer, comme à Paris, sous ce
même règne, la carte du Tendre. C'était le
temps des dédicaces et des imitateurs du cavalier Marini, on avait l'ambition d'être novateur,
on n'était que prétentieux. Le roi, qui se pi-
quait lui-même de faire de belles poésies, idée
dans laquelle l'entretint souvent Olivarez, moins
rigide en ceci que Boileau pour les vers de
Louis XIV, était jeune, âgé de vingt-huit ans
à peine, et allant lui-même au devant de ces
jeunes Orphées de cour, au milieu desquels
étincelait l'œil ironique de Quevedo. Philippe IV, à cette époque, était beau, galant, n'é-
tait la bizarrerie de son humeur; il aimait les

arts et venait de nommer Velasquez son *pintor de camera.*

Son premier regard fut pour ses généraux et ses poètes, le second pour les femmes qui entouraient la reine ce soir-là, comme les violettes ou les jonquilles entourent un beau lys. Il put voir la jeune marquise de Bejar causant avec un magnifique étranger, couvert de pierreries et menant alors un grand train à la cour d'Espagne, c'était le prince de Galles, dont Velasquez ne put malheureusement terminer le portrait; plus loin, l'infant don Baltazar quittait la carabine damasquinée qu'il tenait, pour accourir vers lui d'un air joyeux, et lui laissait voir dans tout son éclat la superbe marquise de Tavera, dont Madrid entière accusait le roi d'avoir été amoureux. La beauté de ces diverses senoras s'éclipsait par malheur devant une autre beauté, celle de la reine, et véritablement, dès que Philippe IV l'aperçut, il éprouva cette fois un trouble indéfinissable...

Elle venait en effet de se lever, et dans ce mouvement rapide son mouchoir avait roulé sur le parquet. Les lois de l'étiquette veulent qu'en ce cas personne ne puisse ramasser le mouchoir de la reine si ce n'est sa *menina* première ; or, la reine attendait, et sa dame d'honneur n'était pas là. Un jeune homme, admirablement brodé de la tête aux pieds, en dépit de l'exemple du roi qui portait un vêtement de couleur sombre, se précipita devant Isabelle de Bourbon et ramassa son mouchoir.

— C'est être aussi coupable que la dame d'honneur de la reine, qui n'est pas en ce moment-ci à son poste, murmura le jeune duc d'Albe à l'oreille de Luis de Haro ; quel est cet imprudent contre qui la reine ne se courrouce pas ? Ma mère m'a conté que, pour un pareil délit, on avait banni, sous le dernier règne, un seigneur venu de France.

— Celui-ci est Castillan, je ne me trompe pas, reprit Luis de Haro, c'est Villamediana !

Et il vit en effet le comte de Villamediana debout, immobile, à la même place où il venait de ramasser le mouchoir royal, car, à la suite de cette grave infraction de l'étiquette, le cercle s'était élargi subitement autour de lui ; il n'y eut qu'un homme qui eut alors le courage de s'avancer vers lui, cet homme était Velasquez.

— Qu'avez-vous ? comte ; le roi vous observe... le meilleur parti que vous ayez à prendre, c'est de lui demander pardon à lui-même... Mais il est trop tard, le voici.

Velasquez disait vrai, le roi s'avançait alors vers le comte Villamediana, mais au lieu de lui montrer un front irrité, il lui tendit sa main à baiser avec un sourire.

— Une autre fois, comte, vous vous ferez

instruire plus à fond des lois de l'étiquette espagnole. J'aime à voir que vous n'êtes encore
qu'un jeune courtisan !

Ces paroles dites, le roi releva Villamediana,
dont la posture témoignait autant en faveur de
son repentir que de son respect ; puis saluant
la reine par trois graves révérences , ainsi que le
voulait le cérémonial de la cour , il lui demanda
des nouvelles de sa santé.

Isabelle sourit tristement.

La beauté souveraine de la fille de Henri IV
n'empêchait pas Philippe de lire sur son front
un ennui secret , profond ; mieux que personne
il pouvait se rendre compte du dépérissement
journalier de cette belle fleur. Vive, enjouée,
moqueuse, la princesse , une fois soumise aux
ténébreuses influences de la cour d'Espagne,
avait perdu bien vite sa santé, ses fraîches couleurs, ce sourire affable et si royal qu'elle tenait
de son père. *Esa tiene la cara d'una monca!*

(Celle-ci a la figure d'une nonne!) disait le peuple de Madrid, et en effet Isabelle de Bourbon semblait connaître elle-même tout le prix de son sacrifice. Elle regrettait la France, la France du roi Henri et les caresses de son frère. On prétend qu'un jour elle pleura en passant devant la tour qui servit de prison au roi François Ier dans Madrid; le palais du roi d'Espagne lui semblait-il donc une prison comme cette tour? Philippe IV était jeune, il avait des grâces naturelles et de l'esprit; à cheval il était fort beau. Mais cette lèvre avancée, ce nez pâle, ces yeux profonds, ce menton pointu, le signe caractéristique des princes de la maison d'Autriche, cette teinte mate et olivâtre du visage, ces cheveux rares, cet air cauteleux, et, par-dessus tout, cette soumission aveugle aux moindres volontés d'Olivarez, son ministre, effrayaient la jeune reine. Leurs entrevues étaient pénibles, contraintes; d'une part, la candeur

douce et patiente d'Isabelle ; de l'autre, la jalousie incessante de Philippe IV, jalousie sombre,
innée, que le roi cachait sous des airs dégagés
et presque riants. En un mot, la reine souffrait.

Aussi le roi ne supportait-il qu'impatiemment
la présence de la belle fille ramenée de France
par Isabelle, Blanche lui semblait presque un
contre-sens dans cette cour. Blanche et les oiseaux de la reine, Blanche et les promenades
dans le parc, Blanche et les modes de France
toujours en jeu, c'était là un chagrin réel pour
l'élève d'Olivarez! Il avait pu voir la répugnance
d'Isabelle pour deux spectacles sanglants offerts
par lui à sa jeune curiosité : l'un était un combat de taureaux où tout Madrid se pressait;
l'autre, un auto-da-fé que la reine avait été
contrainte de subir. Isabelle s'était évanouie
entre les bras de son royal époux, à la fin de
cette dernière représentation, plus cruelle pour
ses yeux que toutes les horreurs de la Saint-

Barthélemi, dont sa nourrice lui avait tant de
fois parlé.

En ce moment elle était si triste, que Philippe
eut presque peur de l'aborder.

Cette tristesse de la reine provenait de la
naïve confidence que Blanche venait de lui
faire avant que le roi n'entrât, et que le comte
de Villamédiana semblait avoir écoutée lui-
même avec un trouble assez grand pour frapper
l'esprit d'Isabelle. La jeune fille avait, en effet,
rapporté à la reine cette prédiction de la Bohémienne, concernant la mort de son cygne favori, ce cygne que l'épouse de Philippe IV
croyait devoir au roi et qu'elle chérissait d'un
amour superstitieux.

— Lorsqu'il mourra, dis-tu, quelqu'un
qui aimera la reine d'Espagne doit mourir
aussi !

Et les yeux d'Isabelle, attachés mélancoli-
quement sur ceux de Blanche, semblaient lui

demander l'explication de cet oracle ; elle était
encore sous le poids de cette égnime, quand
Blanche lui glissa dans la main le billet trouvé
sous l'aile du cygne.

— Quel peut être le poëte qui s'amuse, chaque soir, à prêter ainsi à mon oiseau bien-aimé
des paroles flatteuses et si en harmonie avec
mon cœur ? Il a compris, on le dirait, ma tristesse et mes ennuis. Serait-ce le roi lui-même ?
Il compose, je le sais, des sonnets qui reçoi-
vent, chaque soir, l'approbation de Lope et
de Calderon ; mais, c'est singulier, ils ne
parlent jamais que de lui, tandis que ceux-
ci.....

Et profitant du trouble amené par l'arrivée
même du prince, Isabelle s'était approchée subitement de la fenêtre, puis, feignant d'ouvrir
l'éventail de Blanche pour en considérer les
devises et les peintures, elle avait lu, non sans

trembler plus d'une fois, les vers suivants,
écrits dans la langue de son pays :

> La poésie, ô ma reine, est fumée,
> Vaut-elle, hélas! seulement un soupir?
> Voyez le cygne, il a la renommée
> De ne chanter qu'à l'heure de mourir.
> Ah! comme lui, je tiens ma voix muette,
> Et tristement je nage près du bord,
> Pour vous, ma reine, oh! ma bouche discrète
> Ne parlera qu'à l'heure de ma mort !

— L'imprudent! murmura la reine.

Ces vers ne sont pas du roi, ni de l'un de
ses poètes familiers, pensa-t-elle bientôt en
remettant précipitamment le papier dans l'éventail. L'écriture est la même que celle des autres
sonnets, comment pourrai-je savoir?..... Le
cercle des poètes de Sa Majesté est ici au grand
complet, oui, les voilà bien tous : Calderon,
Quevedo, Lope de Vega, Luis de Gongora et
le comte de Villamediana, l'ami, le confident
poétique de Philippe IV ! La chambre où ils se

rassemblent après mon jeu, dans ce palais du Buen-Retiro, est sourde comme une chambre de l'inquisition. Si j'osais demander au roi de me permettre, pour cette fois, de la présider avec lui? Il faudra bien alors que je sache le nom du coupable. Un poète qui rêve, un faiseur de sonnets, voilà tout! L'amour des poètes est peu dangereux, et celui-ci...

En ce moment, un page vint prévenir la reine d'Espagne que le roi demandait à lui parler. Philippe causait alors au balcon avec le duc Olivarez. L'air était suave, imprégné de la senteur balsamique des pelouses et des plantes du Retiro, mais il se passait dans l'esprit du roi un orage intérieur que sa seule contenance exprimait assez. La main appuyée sur le fer de ce balcon, il en frappait de temps à autre la rampe avec une impatience frénétique. Une sorte d'ombre noirâtre s'était glissée entre les jambes du premier ministre; c'était Nicolasito

qui, en sa qualité de bouffon, possédait parfois
son franc-parler ; ses yeux verts comme ceux
d'un chat, ne quittaient pas le comte de Villamediana dont une touffe de ruban orange parait
l'épaule. Ce jeune seigneur était de si bonne
mine, et ses avantures galantes faisaient alors
tant de bruit dans Madrid, qu'il convient d'en
dire ici quelques mots.

Au rebours d'un bon nombre de jeunes gens
de la noblesse, se bornant à mener la vie maté-
rielle des seigneurs évaporés du temps de Gil-
Blas, celui-ci unissait une charmante figure à
l'esprit le plus souple et le plus brillant ; quand
il ne se fût pas trouvé en lui l'étoffe d'un amoureux, le regard d'un prince eût pu y découvrir
celle d'un homme de cour. Brave, impétueux,
aspirant à tout, sûr de réussir et de charmer,
Villamediana s'était fait connaître à la fois par
des poésies agréables et par une infinité de traits
mordants, deux excellents moyens pour avoir

des ennemis. L'or était pour lui une monnaie
de nulle valeur, quand il ne pouvait avec elle
satisfaire à toutes les exigences du caprice ; on
citait de lui des traits de somptuosité si prodi-
gues, qu'ils touchaient à la folie. Il était bizarre
et fantasque, aujourd'hui grand seigneur, demain se mêlant aux rangs du peuple. Une fois,
il avait fait venir un *sereno*, et après l'avoir em-
mené aux portes de Madrid, il lui avait donné
plusieurs habits, une bourse, une épée, et,
pour couronner le tout, une collation renforcée
de douze musiciens. Non content de cela, et
voyant le digne veilleur de nuit un peu aviné,
il l'avait reconduit jusqu'à la porte de son palais,
et avait pris sa pique, son chapeau et sa lanterne, après l'avoir fait coucher sur du damas,
tandis qu'il allait chanter à sa place les heures
par les rues. Il passait pour ne se servir jamais
que de poudre de diamant lorsqu'il lui fallait
sécher l'encre de certaines lettres ; ses bagues

étaient brisées dans ce dernier cas, et il lui
fallait renouveler son écrin. Les chevaux de race
Isabelle les plus beaux, les lévriers les plus
magnifiques, le comte pouvait les compter par
vingtaine dans ses magnifiques écuries de jaspe
et de glaces; il aimait par-dessus tout les modes
venues de France, et faisait vanité d'être appelé
à Madrid même *el frances de la corte* *. Pour
ses duels, ils étaient aussi nombreux que ses
sonnets; mais dans chacune de ces rencontres
singulières on citait de lui des traits nobles et
généreux. Superstitieux à l'excès, il allait, ajou-
tait-on, plus d'une fois au Rastro, chez une
vieille juive, demander sa bonne aventure. La
veille d'un tournoi surtout, il n'y aurait point
manqué, et dans huit jours au plus devait pré-
cisément avoir lieu celui que Philippe IV don-
nerait à la Panaderia pour récréer Isabelle.

Si une conformité naturelle de goûts, peut-

* Le Français de la ville.

être aussi un certain orgueil portait Philippe à
protéger le comte de Villamediana, il faut se
hâter de dire qu'en plus d'une occasion il avait
pu se convaincre de sa bonté et de son courage.
Un seul homme haïssait Villamediana à cette
cour, et cet homme était Olivarez.

Pour le comte-duc, un favori futur tel
que Villamedina devenait presque une insulte
aux yeux de la nation. Un seigneur coquet, en-
rubanné de la tête aux pieds, la moustache fière,
le ton hardi; un homme de fêtes, de plaisirs,
téméraire jusqu'à l'excès ! Et puis un poète, un
poète de cour, quelle honte pour un ministre
comme lui ! Aussi ne négligeait-il aucune occasion de perdre le comte dans l'esprit du roi.

— Nicolasito, disait-il alors, en prenant le
nain à l'écart, es-tu sûr de ce que tu viens de
nous dire ?

— Sûr comme vous l'êtes du roi, Excellence,

répondit le nain avec une ironique complaisance.

— Tu as vu Blanche prendre ce billet? continua le comte-duc.

— Je l'ai vue.

— Et à qui est-il adressé? qui l'a écrit?

— Pour la première question, souffrez que je ne réponde pas à Votre Excellence; quant à la seconde, continua Nicolasito, l'homme qui a placé ce billet sous l'aile du cygne doit porter à son habit une touffe de rubans orange... et peut-être est-il ici... ajouta-t-il en promenant son regard oblique autour de lui. Nicolasito venait de tirer le ruban orange de sa poitrine, et, se disposant à montrer à Olivarez et au roi le comte de Villamediana qui passait alors par la galerie où ils se trouvaient, il allait se lever, quand par un geste rapide une jeune fille qui causait avec le comte lui arracha la touffe de rubans qui flottait sur son épaule et la cacha dans l'une de ses po-

chies. Aucun des gestes du nain ne lui était
échappé pendant cette soirée ; elle avait compris
le péril que courait Villamediana en voyant la
couleur de ce ruban.

— Que faites-vous, Blanche, demanda le
comte étonné.

— Je vous sauve !

Elle n'en put dire davantage, car minuit sonnait et c'était l'heure habituelle où Philippe IV,
pour se distraire des travaux de la journée, se
renfermait dans l'un des salons du Retiro avec
son cercle de poètes. Au moment d'entrer, le
roi remarqua la figure d'Isabelle de Bourbon
pâle et inquiète, elle attendait les ordres de son
seigneur et maître qui ne lui avait pas encore
adressé une seule parole, tant les confidences du
nain avaient éveillé la jalousie du monarque. Le
geste rapide de Blanche avait échappé à la princesse.

— Isabelle, dit Philippe, vous plairait-il d'as-

sister avec Blanche au débat poétique qui va
avoir lieu? Vous décernerez la palme au vainqueur.

Et congédiant Olivarez après avoir échangé
avec lui un coup-d'œil d'intelligence, il entra
dans le salon du Retiro nommé *l'Olympe*.

IV

Le Sonnet.

La reine avait pâli et s'était appuyée au bras de Blanche ; le comte partageait leur anxiété à toutes deux sans s'en rendre compte. A la seule contenance du roi, au ton bref, saccadé dont il avait prononcé cette invitation, la reine avait compris qu'il venait d'écouter un mauvais génie, elle l'avait vu longtemps appuyé avec Olivarez à ce balcon où il lui avait à peine parlé.

En voyant ainsi se réaliser par lui son désir secret, celui d'être admise à découvrir l'auteur mystérieux de ces vers qui pouvaient inquiéter son cœur, Isabelle éprouvait un trouble que rien ne peut rendre, elle interrogeait du regard ce conclave de poètes parmi lesquels un fauteuil plus élevé était disposé pour le roi. Ce salon, nommé l'Olympe, était décoré de peintures allégoriques, presque toutes dues au pinceau de Velasquez et de Mazo-Martinez; on lisait au bas des dystiques latins ou espagnols, les portraits en pied du roi et de son ministre figuraient au milieu de ces diverses toiles, comme les demi-dieux de la royale Académie. Le roi fit asseoir la princesse sur son propre siége et un peu plus loin Blanche sur un pliant. La séance commença.

Certes, en se voyant forcé de présider ainsi tout d'un coup l'Olympe de Philippe IV, et en retrouvant autour d'une table massive de chêne

don Pedro Calderon de la Barca, don Luis de
Gongora, le comte de Villamediana et don Francisco Quevedo de Villegas, le cœur de la reine
dut battre, car tous les yeux étaient eu ce mo-
moment fixés sur elle. Elle se trouvait assise
devant le comte de Villamediana. En vérité, la
place de ce jeune et beau seigneur semblait être
marquée pour un tout autre lieu que le docte
aréopage où il siégeait. Sa figure et son ensemble formaient bien vite disparate avec le visage
mordant et malin de Quevedo, l'air ascétique de
Calderon, eu qui perçait toujours sa dignité de
chanoine, comme on lisait encore empreint sur
le front de Luis de Gongora un contentement et
un orgueil que justifiait mal la prétention exces-
sive de ses poésies. Le roi se tenait debout ;
placé cette fois vis-à-vis de la reine, dont il
épiait les moindres gestes. Quatre huissiers du
palais veillaient aux portes afin que nul bruit ne
vint déranger le docte sénat.

L'étonnement de Blanche n'était pas moins profond alors que celui de sa maîtresse; elle seule avait sondé depuis longtemps le cœur du comte, elle seule avait appris le secret d'un sentiment aussi profond qu'insensé.

La chaleur était extrême et les quatre fenêtres de cette pièce entr'ouvertes sur les jardins. De temps à autre et au milieu du silence glacé que gardaient les acteurs de cette scène, l'oreille surprenait des bruits lugubres, étouffés, c'était le rugissement sourd et lointain des animaux de la ménagerie. En d'autres instants le gazouillement des oiseaux renfermés dans la *casa de aves*, immense volière treillagée en fils d'or, à quelques pas du palais, formait un dessus comparable aux variations vives et légères de la flûte, et le cri de la ronde de nuit se mêlait parfois à ce concert.

Philippe IV arrivait d'Aranjuez, nous l'avons dit, son habit couvert encore de la poussière de

la route que ses mules avaient mis deux jours
à franchir. Sans la chaîne qui retenait la Toi-
son-d'Or à son cou, on n'eût guère distingué le
prince de cette pléiade de poètes, qui tous semblaient attendre que le nouvel Apollon ouvrît
la lice. Le premier qui se présenta, sur l'invitation du roi d'Espagne, fut Gongora, pour lequel S. M. Philippe IV, au préjudice de Calderon, semblait avoir une amitié particulière.

Don Luis de Gongora tira un papier et lut un
sonnet tiré de ses *Soledades*, poëme auquel il
mettait alors la dernière main et qu'il avait dédié
au duc de Béjar. Dans le sonnet de ce poëme
bizarre, partagé en *forêts* au lieu de *chants*, il
entrait au moins soixante étoiles et trente saphirs; mais il y avait tant de concetti sur l'a-
mour, que force fut aux auditeurs d'écouter. Un
murmure d'approbation couvrit le poète, et à
la faveur de ce tumulte, déchaîné par les éloges
du roi, Quevedo eut le temps de dire à Calderon:

— Gongora a raison de ne pas aimer Lope
de Vega, car Lope de Vega aimerait peu le style
de Gongora.

— C'est de la poésie excellente pour un au-
mônier honoraire de Philippe III, reprit Calderon, Gongora est un poète honoraire.

— A vous, don Calderon de la Barca, poursuivit le roi ; après avoir reçu le sonnet des
mains de Luis de Gongora, dites-nous une des
scènes d'*Héraclius ?*..

Calderon s'inclina devant la reine et dit une
tirade de cette pièce qui fit naître chez nous la
question délicate de propriété littéraire entre
Pierre Corneille et lui ; cette pièce pour laquelle
des critiques insensibles aux vraies beautés reprochent à l'auteur espagnol son ignorance de
l'histoire, parce qu'*Héraclius* possède une reine
de Sicile, un duc de Calabre, du canon et des
boulets au septième siècle. L'aréopage de Philippe IV fut moins difficile, il trouva des beautés

sublimes dans les vers de Calderon. Arrivé à cette tirade identique pour le sens, à celle de Corneille :

Mon trône est-il pour toi plus honteux qu'un supplice?

le roi d'Espagne regarda la fille de Henri IV, des larmes roulaient dans les yeux de la princesse. Calderon avait récité ces vers avec un tel feu, malgré son âge, que chacun, même Quevedo, s'en fut le complimenter.

— A votre tour, maintenant, don Francisco Quevedo de Villegas, vous avez eu le temps d'écrire des nouvelles sans défaut pendant que vous étiez dans votre terre de la Manche... La prison, car c'en était une, nous a valu le bachelier de la Torre !

C'est en effet sous ce nom que l'auteur le plus ingénieux et le plus satirique de l'Espagne venait de publier ses derniers vers ; un travail continuel avait affaibli sa vue à un tel point qu'avant l'âge de trente ans il ne pouvait distinguer

les objets sans le secours de ses larges lunettes,
au travers desquelles tous les peintres qui firent
son portrait font scintiller ses yeux pleins d'esprit et de malice. Mais alors Quevedo avait cin-
quante ans, il se contenta de lire une page de
l'*Aventurier Buscon*, page entremêlée de bonnes vérités satiriques et de traits délicieux de
sentiment, celle où se trouve l'histoire de Ro-
bledo, de don Carlos, du chevalier des Mira-
cles, de deux nourrices et d'un paquet d'a-
bits *.

Il y avait eu tant d'esprit dans les pages que
venait de lire Quevedo, qu'en apercevant à sa
droite le comte de Villamediana, le seul qui
n'eût point encore ouvert la bouche au milieu
de ces gloires castillanes, le roi éprouva je ne
sais quel malin plaisir à embarrasser le jeune
homme. Émue, attentive, Isabelle le vit pourtant
se lever après s'être défendu vainement quel-

* Chap. xvii.

ques instants ; Villamediana ne déploya , lui,
aucun papier, mais il déclara qu'il se disposait
à réciter un poëme sur l'*Amour*. En même
temps , il promena son regard fascinateur sur
l'assemblée, et dit les premiers vers de ce poëme
dans le goût des *Sylves* du temps. Jusque-là on
pouvait le croire au plus de la force d'Alonzo de
Ledesma, de Félix Artéaga ou de Castillo de
Solorzano, qui se montrèrent tous les fidèles
disciples de Gongora ; mais dès les débuts de
ce poëme, on reconnut qu'une main habile avait
dû corriger ces vers ; chacun se récria, et Philippe le premier. Le roi courut donner la main
à Villamediana : un embarras invisible agitait
alors le monarque.

— De qui descend donc le comte ? demanda
Quevedo, est-ce d'Apollon ou d'Orphée au gentil archet ? Les ours ou les lions du Retiro s'a-
douciraient bien vite devant de tels chants, et il a
mérité la palme...

— Un tel concours a de quoi flatter l'amour-
propre d'un poète, reprit modestement Villamediana ; aussi dois-je renvoyer à qui de droit
l'honneur de ces vers ; j'ai rempli l'office de
lecteur ; ils sont de Sa Majesté...

Et se penchant à l'oreille du roi, Villamediana
lui rappela que ces vers, revus par Lope de Vega
lui-même, avaient été adressés par Philippe à la
belle marquise de Tavera...

L'orgueil de Philippe IV ne lui permit pas de
soupçonner cette paternité, il avait reconnu
quelques-unes de ces stances, mais aussi l'attention singulière que semblait leur prêter la
reine l'avait frappé. Pendant que Villamediana
les récitait, les lys et les roses s'étaient succédé
sur les joues de la princesse, elle semblait écouter une musique. Cédant elle-même à l'invincible attrait de cette lecture, entraînée par le sujet et par l'auteur, Isabelle s'était levée avant la

fin, et paraissait attendre un signe du roi pour couronner le vainqueur.

En voyant que ce vainqueur n'était pas le comte, mais le prince lui-même, le prince, son époux, qui ne l'avait guère habituée à cette galante poésie, la reine éprouva un dépit dont elle ne fut point maîtresse : elle sembla remercier Villamediana d'un coup-d'œil rapide et triste, et lui demanda d'une voix mal assurée s'il n'avait point de vers à dire aussi, même, ajouta-t-elle en regardant Philippe, après ceux de Sa Majesté...

Le comte pencha la tête et garda le silence : on attribua autour de lui à sa modestie une réticence qui venait alors de son amour.

— Ce n'est pas lui, pensa Isabelle, ce n'est pas le comte qui a écrit ce sonnet! Ce sonnet, je l'ai là... et je ne sais pourquoi il me brûle les mains ; il me fait peur !

Et tenant pour la première fois de sa vie son

œil abaissé sur le comte, elle avait l'air de sonder ce cœur. Villamediana gardait un silence triste et contraint, il semblait être absorbé dans une pensée haute et profonde ; son regard lançait l'éclair. Blanche était alors accoudée à la fenêtre, tout le cercle s'étant levé à la fin des vers du roi, et les poètes disputant entre eux, en véritables courtisans, sur la beauté du morceau.

Tout d'un coup il y eut sous le balcon un ricanement aigu, indicible, on eût cru entendre le mugissement d'un chat-tigre... Philippe se pencha à la fenêtre et put apercevoir une forme noirâtre se perdant sous un des massifs d'oliviers qui bordaient l'avenue royale, et il reconnut le nain de son peintre favori, Nicolasito. La ronde de nuit lui donnait alors la chasse, mais il ne tarda pas à s'échapper en se cramponnant à un treillage qui cachait l'épaulement des murs du Prado. La vue de ce difforme personnage, qui avait osé parler ce soir-là même à Olivarez, lui rappelant alors la singulière confidence de son ministre :

— Par ma foi, mes poëtes, voilà qui doit peu vous étonner, reprit il en les voyant tous inquiets du cri qu'ils venaient d'entendre : je crois, Dieu me pardonne, que depuis huit jours le Retiro n'est plus sûr.

— Que veut dire Sa Majesté ?

— Qu'un amoureux de Madrid, un poëte, sans doute... a inventé, sachez-le, un moyen nouveau de correspondance... Tiens, écoute cela, Villamediana, toi qui brilles à Madrid par tes aventures et par les conquêtes ! Il s'agit d'un cygne sous l'aile duquel, à l'aide d'un joli fil d'argent confondu avec la blancheur de son duvet, est suspendu un billet qu'une main officieuse retire le soir.

— C'est original, balbutia le comte visiblement attéré.

— N'est-ce pas? Tu n'aurais pas eu de ces
idées-là?.. Ni vous non plus, Quevedo? Calderon mettra cela dans une *journée* à sa première
comédie. Donc je suis certain, — ne pensez-
vous pas comme moi? — que ce sont des vers,
des vers brûlants, passionnés... Pour choisir un
cygne, l'emblème de la poésie, il faut, n'est-il
pas vrai, être poète soi-même? Je prie donc,
sans plus de façon, la gardienne des cygnes, mademoiselle Blanche de Tournon, de vouloir
bien nous montrer ce chef-d'œuvre-là......
poursuivit Philippe en se tournant tout d'un
coup vers la jeune fille.... La reine et vous, mes
maîtres, vous jugerez si cet amant inconnu mérite la palme!

Jusque-là Isabelle avait écouté le roi avec une
horrible anxiété, tout en cherchant à se persua-
der que Philippe plaisantait; mais quand elle le
vit demander impérieusement à Blanche le
billet qu'elle avait reçu, une pâleur mortelle

couvrit son visage, ses genoux se dérobèrent sous elle, un nuage passa sur ses yeux comme si elle eût été coupable.

La jeune fille objecta vainement qu'elle n'avait sur elle aucun billet ; le roi insista, et la prenant à l'écart :

— Nicolasito m'a tout confié, ajouta-t-il ; donc, exécutez-vous de bonne grâce.

Et comme elle résistait :

— Il n'y a pas à trembler, la belle enfant, est-ce donc un crime qu'un cavalier jeune et beau, un Français, peut-être... confie son amour aux cygnes de mes jardins? La reine et moi nous lirons seuls ce que le billet contient. Avez-vous peur de la reine?

— Moi peur? répondit Blanche, oh ! non, Dieu m'est témoin que jamais plus douce maîtresse...

— Je le sais, je le sais, interrompit Philippe, qui était jaloux des moindres pensées d'Isabelle, et sans doute que vous vous promeniez souvent avec la reine près du bassin ?

— Oui vraiment, Sire, répondit Blanche en reprenant assurance, nous y allions parfois admirer le cygne royal, celui que vous avez donné à la reine.

Philippe se mordit les lèvres, et, laissant le bras de la jeune fille, il reporta son regard sur Isabelle, dont le visage était alors plus blanc qu'un linceul.

— Madame, lui dit-il à demi-voix, le mystère que met cette jeune fille à me donner le plus innocent des billets, pourrait me faire supposer que vous entrez pour quelque chose dans sa résistance; vous avez ce billet, je veux le voir.

— Moi, murmura la reine, un tel soupçon?.. veuillez vous expliquer, continua-t-elle.

— Le billet! reprit le roi les dents serrées par la rage.

Et, concentrant sur elle tout le courroux de

son regard, il la vit trembler, pâlir de nouveau,
puis reculer instinctivement d'un pas devant
lui.

— Isabelle, vous êtes bien émue ce soir,
poursuivit-il.

—Oui... Sire... balbutia-t-elle en s'appuyant,
demi-morte, au marbre d'une colonne, per-
mettez que je me retire... Oui, cette assemblée,
la chaleur.... Et la reine ouvrait elle-même la
porte de ce salon, quand l'éventail qu'elle
tenait en main vint à tomber.

— De l'air ! de l'air ! s'écria Blanche en se
précipitant vers sa maîtresse chancelante pour
ramasser l'éventail.

Mais avant qu'elle eût pu faire ce geste, le
roi, plus agile qu'elle, avait ramassé l'*abanico*
de la reine, en voyant un papier soigneusement
plié entre ses feuilles de nacre.

— Par ma foi de prince, murmura-t-il après
l'avoir lu, voilà des vers exquis, mes dignes

poètes ; Quevedo, connais-tu cette écriture?

— Nullement, répondit Quevedo au roi.

— Ni moi, reprit Calderon.

— Et vous, comte de Villamediana?

— En vérité, Sire, j'ignore...

— Vous aussi, Luis de Gongora? reprit Philippe, cherchant à dissimuler sa colère, eh bien! vous avez tort, car c'est un poète qui ira loin!

— Permettez-moi de garder ce sonnet, Mademoiselle, continua le roi en le rendant à Blanche, dont le visage était alors aussi décomposé que celui de la reine; vous avez un soupirant modeste et discret: il assure que, comme le cygne, il ne parlera qu'à l'heure de sa mort; veillez bien sur lui, prenez garde! il y a tant de dangers à Madrid!

Et lançant à la reine un coup-d'œil qui ne lui apprenait que trop à quel point il croyait peu lui-même aux paroles qu'il venait de jeter à son cercle, il leva la séance en donnant l'ordre aux huissiers d'ouvrir les portes du salon.

Quand tout le Parnasse du roi Philippe IV se fut écoulé par l'avenue du jardin et que les poètes eurent dépassé la grille :

— Qu'a donc le roi ce soir? demanda Quevedo à Gongora d'un air railleur, ne dirait-on pas qu'il est jaloux de l'amie de la reine? Il a vanté ce sonnet...

— Il n'y a pas de quoi, reprit Gongora, des couplets d'amoureux, et rien de plus!

Arrivés devant la fontaine de Cybèle, tous se séparèrent, et il ne resta qu'un seul cavalier sur le Prado. Ce cavalier, embossé dans son manteau, regarda encore une fois les fenêtres illuminées du Retiro, puis il prit le chemin qui conduit maintenant au palais d'Onati. Devant ce palais il trouva à la porte une forme brune accroupie sur les marches comme un ibis de granit. Cette ombre se leva précipitamment et lui remit une lettre, c'était Nicolasito.

— Le seigneur Velasquez demande une réponse à ce *nudillo* *, Monseigneur, fit le nain, pendant que le comte lisait le billet sous les rayons de sa lanterne.

— Tu es au service de Velasquez, je crois, demanda le comte?

— Et au vôtre, Monseigneur, repartit le nain avec une hypocrite humilité.

— Donc, tu lui répondras que je serai demain chez lui à deux heures.

Et levant le marteau de son palais, le comte en franchit le seuil. Quand Nicolasito se vit seul dans la *calle* :

— Tu peux oublier, comte, murmura-t-il, moi je n'oublie pas! Demain, oui, demain, sonnera l'heure de ta perte!

* Billet noué d'un ruban.

V

L'atelier.

Dans le Retiro même, en cette partie du palais baignée d'un air vif et pur qui étend ses
ailes vers la porte d'Alcala, Velasquez avait son
atelier, un atelier royal que Philippe IV s'était
complu à lui faire, comme si le prince eût été
jaloux du pape Urbain VIII, qui avait logé l'il-
lustre maître espagnol au Vatican.

Les œuvres et l'artiste avaient reçu à la cour

un accueil bien fait pour décourager l'envie et
relever le mérite ; sauf deux courts voyages
qu'il fit avec le roi, l'un en Aragon dans les
années 1642 et 1644, Velasquez, assurent les
mémoires, resta enfermé dix-sept ans dans
cet atelier royal, où Philippe IV ne se lassait
pas de le visiter.

Ce matin là, les brillantes lueurs du soleil
levant glissaient mollement dans cette salle d'é-
tude, à travers les vitres à mailles de plomb ; la
volière du Retiro chantait son hymne sonore à
l'été ; le paysage espagnol était teint du rose le
plus tendre et le plus doux. Les vapeurs des
fontaines s'élevaient dans l'air en blanches co-
lonnes de fumée, pour se perdre ensuite dans
cette poussière rouge et chaude qui plane sur
le Prado ; des troupeaux de chèvres descen-
daient par les vertes allées qu'on nomme aujourd'hui la rue d'Alcala, et il ne tenait qu'à la
vagabonde imagination d'un poète de se croire

transporté, d'un coup de baguette, à Tibur ;
devant ces jardins aux feuillages d'or rutilants
sous les premiers feux du jour, ces cascades
tièdes et se brisant en pluie fine sur les pelouses.

Accoudé à la fenêtre de son atelier, Velasquez contemplait ce magnifique spectacle,
quand la main du jeune gentilhomme vint
tout d'un coup se placer sur son épaule...

— C'est moi, maître, c'est moi ; n'ayez aucune crainte, mon cher Diego, je ne suis pas don
Fernand Ruiz de Contreras, votre grand ami,
car il vous éveille chaque jour dès sept heures
du matin, et je ne viens pas, moi, vous reprocher de n'avoir pas en main les pinceaux et la
palette !

— Villamediana ! interrompit le peintre, je
vous attendais, cher comte, asseyez-vous dans
l'atelier de votre ami.

Et il se disposait à quitter la fenêtre où il

laissait errer ses regards auparavant, lorsque
le comte l'y ramenant avec douceur :

— Vous aviez raison, cher peintre, le Retiro
est un jardin admirable ! Pourquoi vous arra-
cherais-je en ce moment à sa douce et silencieuse
contemplation ? Ici des plans d'olivier, vous le
voyez, sur lesquels le soleil se joue en teintes
d'opale, des bosquets de sorbiers et de lauriers roses, plus loin des églantines frappées
des rayons du midi, des masses de chênes
verts et de liéges, des aloës, des citronniers ; et
tenez, là, près de ce pavillon qui forme le dé-
barcadère naturel de l'étang, une jeune fille qui
jette du pain au cygne de la reine !

Villamediana arrêta en effet les regards du
peintre sur cette forme blanche qui semblait
s'être levée avec les premiers feux de l'aurore,
et distribuait déjà le contenu de sa blanche corbeille au seul oiseau du bassin.

— Ce n'est pas Blanche, murmura le pein-

tre, en cherchant à distinguer les traits de celle
qui remplissait alors cet office matinal ; je ne me
trompe pas, c'est la reine!

Le comte pâlit, et son trouble fut loin d'é-
chapper à Velasquez.

L'apparition s'était perdue au détour de ces
allées qui bordent l'île des Cygnes. Le comte de
Villamediana demeurait le corps penché à la
fenêtre, il n'entendait plus l'artiste, et semblait
écouter le moindre frémissement du vent par
les herbes. L'horloge du Retiro sonnait huit
heures.

— Le roi sommeille encore, dit le peintre ;
sans cela, comte, je n'eusse point osé vous
mander ici. Vous ignorez peut-être que ce n'est
pas un atelier que Sa Majesté me donne ici,
mais une prison. Ici, le silence a lui-même sa
délation ; ici, à toute heure, un message du
prince peut venir m'arracher à mon travail.
Sans le majordome du palais, don Sébastien de

Vera, dont j'ai fait le portrait, ces derniers temps, et qui veut bien exercer pour moi une surveillance exacte et rigide...

— Je le sais, mon digne ami, mon noble Diego, je le sais. Mais vous avez compris depuis longtemps ma douleur et mon amour, tous deux ont trouvé en vous un confident sûr et secourable.

— Dites un médecin, imprudent ami. Chaque pas que vous faites vous rapproche de l'abîme. Villamediana, mon devoir est de vous dire ici la vérité.

— La vérité! interrompit l'ardent jeune homme; la vérité, Velasquez! mais je la sais comme vous! Oui, je sais qu'aimer la reine, une reine d'Espagne, une majesté sainte et pure, c'est un exécrable délit, mon maître; un délit que Dieu ne pardonne pas plus que l'humaine justice, un délit pour lequel un prince peut vous faire tuer impunément comme Esco-

védo le fut par le roi Pilippe II, pour avoir osé
porter ses vues téméraires sur la princesse d'E-
boli. La princesse d'Eboli, mon cher Velasquez,
n'était que la maîtresse de Philippe II ; Isabelle
de Bourbon est la femme de Philippe IV ! Je
sais tout cela, Diego, mais je sais aussi que
combattre l'amour, c'est vouloir mettre une di-
gue au torrent qui roule, au volcan qui gronde,
au nuage qui éclate. La vérité, Velasquez ; moi,
je vais vous la dire, moi qui la sais comme vous.
Il y aura pour moi d'autres flammes que celles
qui me brûlent, d'autres feux que ceux de l'enfer lui-même... Il y aura une place pour moi sur
un échafaud !

— Ainsi, comte, vous connaissez le danger,
et vous vous y exposez vous-même follement et
sans espoir ?

— Follement et sans espoir, vous l'avez dit.
La reine ignore cette passion aveugle, insensée;
elle ignore ma misère et mon malheur. Il y a

six mois que je souffre, six mois que j'aime,
six mois que je pleure! Mais, encore une fois,
la reine n'en sait rien; et, à moins que le jour
où vous m'avez fait promettre de me cacher à
son arrivée derrière cette toile...

— Je ne lui ai rien appris, continua Velasquez : dût la foudre éclater sur moi, je me
tairai, la révélation d'un pareil amour est un
crime.

Villamediana baissa la tête tristement; Velasquez continua avec douceur :

— Oui, c'est un crime, ami, que de refuser
les rêves consolants et chers que Dieu envoie à
votre jeunesse, les sentiers fleuris dans lesquels il fraie lui-même le sol à vos pas, pour
vous attaquer, faible jeune homme, héros fantasque de roman, à l'illusion la plus terrible,
au songe le plus hautain et le plus fatal! Oui,
je le conçois, soupira le peintre, la clarté des
météores trouble la vue, les vins égarent la rai-

son, un fantôme a le droit de vous arrêter et de
vous séduire ; mais Satan préside à ces illusions
de l'enfer ! Ici, noble comte, c'est à la vertu
que vous jetez un défi, c'est l'innocence elle-
même que vous entraînez, c'est la beauté que
vous voudriez faire rougir ! Encore une fois, le
duel est inégal ; la reine est pure, la reine ne
cèdera pas !

Il avait prononcé ces mots comme si lui-même
eût reçu du ciel la mission de veiller sur cette
fleur chaste et douce. Les yeux de Velasquez
s'étaient mouillés peu à peu de larmes rares ;
il était partagé entre ses sentiments tendres et
respectueux p   a souveraine et l'amitié fra-
ternelle vouée par lui au jeune comte ; il le prit
par la main, et le conduisant devant une toile
couverte d'un voile :

— Voici le tableau que vous m'avez commandé, dit-il en le découvrant ; j'ignorais alors
dans quel but. Cette nuit encore je le regardais

aux clartés de cette lampe, et cette toile émue
semblait me jeter un reproche. Cependant, vous
le voyez, Villamediana, cette figure blanche
attend vos traits ; ce tableau n'est pas fini...

— Il est céleste ! s'écria le comte ; quel feu !
quel coloris, Diego ! Le visage de la reine, qui
n'était pas achevé avant-hier, est terminé...
Diane est vaincue, car Isabelle est plus admirable ici que la chasseresse surprise par l'imprudent Actéon ; ce n'est pas de la peinture,
Diego, c'est de la vie !

Et, penché sur la toile, le comte examinait
cette merveilleuse disposition de figures que
Velasquez seul sut étager avec un rare bonheur,
les nymphes et Diane sous un ciel bleu de Béo-
tie ; de l'autre, Actéon survenant avec son arc
et ses chiens. Les jambes et les pieds de la déesse
reflétaient l'ombre chatoyante des arbres, son
arc reposait à côté d'elle, et sur le croissant qui
formait l'aigrette de la fille de Jupiter, tombait

une lumière aussi nacrée que celle qui distingue
le cou d'un cygne.

Dans les moindres lignes de ce gracieux visage
il était impossible de ne pas reconnaître l'inten-
tion de l'artiste, celle de faire un portrait. La
seule figure d'Actéon manquait à la scène, et ce
vide dans le tableau frappait d'autant plus que
tous les ornements du chasseur étaient terminés.
Ses deux chiens lancés à la poursuite du cerf,
apparaissaient eux-mêmes si vigoureusement
dessinés sur cette toile, si ardents, si pleins
de souffle et de feu, qu'on eût pu les croire de
Snyders.

Villamediana contemplait encore cette toile
avec un frémissement de joie et de stupeur,
quand des pas légers retentirent dans la galerie.
Cette galerie précédait l'escalier. Velasquez
monta sur un escabeau, puis ouvrant de sa
main le volet d'un judas treillagé de fer :

— La reine ! s'écria-t-il, la reine ! Par pitié,

fuyez, comte de Villamediana, ne m'avez-vous
pas donné votre parole que jamais devant moi
vous ne parleriez à la reine ?

— Devant vous, Velasquez, devant vous,
mon seul ami.

— Raison de plus, comte, je pourrais m'at-
tendrir, fuyez !

Et il poussa le jeune homme dans le fond
d'un cabinet assez obscur, encombré de cheva-
lets et de toiles.

— J'ai pitié de vous, lui dit-il en voyant bril-
ler une larme dans l'œil de Villamediana, je
veux vous sauver et non point vous perdre.
Sous cette tenture de soie, vous pourrez écouter toute ma conversation !

Et avant que Villamediana pût répondre, le
peintre avait fait grincer sur lui les anneaux
d'une riche portière en brocatelle...

Lorsque Velasquez se retourna, Isabelle était
devant lui.

Jamais peut-être la reine n'avait été plus belle que dans cet instant. Une simple robe d'étoffe blanche formait sa parure; ses bras étaient nus, et un léger voile à pointes brodées était rabattu sur sa chevelure sans rubans. La ligne de ses épaules se découpait pure et légère sous ce tissu d'un charme indicible qui donnait à la reine l'air d'une fraîche et jolie fille de Madrid, portant sur ses joues toutes les couleurs de l'aube. Un dépit secret semblait pourtant l'agiter; elle tomba plutôt qu'elle ne s'assit sur le grand fauteuil de chêne auquel était suspendue l'épée du peintre.

Velasquez avait eu le temps de recouvrir la toile qu'il venait de montrer à Villamediana.

— Vous êtes seul, Diego? demanda la reine.

— J'avais à vous parler, continua t-elle avec une crainte mal déguisée, oui, je voulais vous parler.

— Et de quoi, Madame? demanda le peintre

qui devint pâle à son tour en observant l'effroi
de la reine.

La pâleur avait en effet remplacé chez elle
l'incarnat charmant que cette course matinale
avait amené sur son visage après un mois de
veilles et d'ennuis.

— Oui, reprit-elle, je venais vous avertir
que nos séances ne peuvent continuer, mon
cher peintre; depuis hier tout est changé au
palais, et l'humeur sombre du roi...

— Le roi! et que peut-il contre ma recon-
naissance, Madame? N'ai-je point été comblé
de vos bienfaits comme des siens; n'ai-je déjà
pas eu deux fois l'honneur de vous peindre, et
ce portrait qui n'appartiendra qu'à vous?...

— Ce portrait, Velasquez, il faut l'interrom-
pre : la délation, l'envie conspirent contre vous;
si vous m'en croyez, vous cesserez ce travail;
oui, continua-t-elle avec un soupir, je viens
dire adieu à cette toile et à son peintre; dès de-

main je demanderai à sa majesté de me retirer
à l'Escurial.

— -Vous ! à l'Escurial, Madame, et pour
quelle faute? grand Dieu! Ce palais ou plutôt
cette prison, vous le savez, n'est assigné pour
demeure qu'aux reines qui ont encouru une
disgrâce. Si la beauté d'une reine est un crime
à la cour d'Espagne, vous êtes coupable, Madame, bien coupable : regardez-vous !

Et Velasquez, écartant le voile qui recouvrait
le tableau, montra à Isabelle son propre visage,
embelli de tous les charmes de sa palette.

— Et voilà la reine dont vous voudriez pri-
ver la cour! poursuivit le peintre avec feu; voilà
cette douce étoile qui se cacherait à plaisir sous
un nuage! Rassurez-vous, princesse, le roi veille
sur vous, il ne permettra pas ce départ.

— Le roi ! reprit-elle avec un sourire amer,
le roi ! Mais pour cela, Velasquez, il faudrait
qu'il pût lire dans mon cœur, comme vous y li-

7

sez vous-même ; qu'il reconnût à la fois sa du-
reté et son abandon !

— Le roi est jeune, Madame ; égaré à dessein
par Olivarez, enlacé chaque jour par les séduc-
tions d'une cour facile, il peut oublier parfois
le trésor qu'il a sous la main, le diamant le plus
beau, le plus pur de sa couronne ; mais il ne
peut oublier qu'il vous a choisie : on n'a point
donné, Madame, la clé de son cœur comme
celle d'une ville, il vous aime et sa jalousie
seule...

— C'est cette jalousie qu'il faut déjouer, Velasquez ; j'en atteste le ciel, mon cœur est aussi
pur que le jour même de mes fiançailles à Burgos ; mais un génie actif, malfaisant, trouble
mon repos. L'existence me pèse depuis quelques jours. Je veux, je dois fuir cette cour où,
je le sens, quelqu'un a semé autour de mes pas
des dangers mystérieux qui m'effraient.

— Quels dangers ? Madame, parlez, aurait-on osé, à Madrid, ternir par le mensonge l'honneur de ma souveraine ?

— Tel est mon malheur, Velasquez, que je ne puis savoir encore si je suis le jouet d'un complot ou l'objet d'une passion coupable. La cour d'Espagne, vous ne l'ignorez pas, est une cour dangereuse. Ici je n'ai pas de frère à qui je me puisse confier ; chaque jour je marche sur un terrain semé d'écueils. Olivarez, le ministre du roi, m'est opposé ; Philippe ne m'a donné que la moitié de son cœur, l'autre appartient à Olivarez. En arrivant ici, je comptais choisir le duc d'Uceda pour mon mentor, le duc d'Uceda était banni. Pendant que l'Espagne a des guerres à soutenir contre vingt puissances, moi, faut-il vous l'avouer, je me trouve ici perpétuellement en lutte avec mes souvenirs ; Française par le sang et par le cœur, il me faut endurer chaque jour la raideur vaniteuse de ceux qui me servent et qui m'approchent, ou me défier des empressements les plus dévoués comme d'autant de pièges. Je suis incapable de tromper le roi ; mais aussi, Velasquez, quand il me parle de lui, ce n'est jamais que pour me faire sentir tout le poids de sa puissance ; il règne, assure-t-il, dans un pays semé d'ombres et de mystères, où l'honneur d'une reine réside bien plus dans l'opinion que dans sa conduite, où le moindre soupçon devient un crime capital. Ici, prétend-il, les hommes n'ont point de visage, ils ont des masques ; ils n'emploient l'amour que comme une ruse ; ils ne vous adressent de douces paroles que pour aller ensuite révéler votre propre honte. Tentateurs payés, ils se glissent dans notre cœur, mais pour en vendre les secrets ; ce sont les espions du prince, et la fraude seule parle aux reines. Vous qui connaissez la cour depuis plus longtemps que moi, ai-je tort, mon cher Diego ?

— Vous avez tort et raison, Madame, la cour

a ses périls, mais elle a aussi sa loyauté. Cette
loyauté me force à vous dire, princesse, qu'en
vous appuyant au bras d'un serviteur dévoué,
en le regardant comme un confesseur, un ami,
vous pouvez éviter ces pièges ; parlez-moi donc
sans fard, dites-moi, Madame, les moindres
battements de votre âme. Le roi est jaloux, mais
de qui est-il jaloux ?

— Il l'ignore encore, Velasquez ; il est jaloux d'un homme qui m'a adressé un sonnet
sans se nommer. L'écriture lui en est inconnue,
mais le champ est ouvert à ses soupçons ; et s'il
découvrait que je suis venue poser ici pour
votre tableau d'Actéon et de Diane... Heureusement je ne lui ai jamais parlé de ce tableau ;
quand il sera fini et qu'il ornera la galerie du
Retiro ou de l'Escurial, le nuage sera passé.

— Madame, reprit Velasquez, je ne puis vous
laisser plus longtemps dans une erreur qui m'en-
tache ici de mensonge. Ce tableau ne doit point

décorer un des palais de la couronne; il m'a
été commandé par un gentilhomme de Madrid,
un gentilhomme coupable d'un crime dont il
doit, à cette heure, demander humblement pardon à votre majesté.

— Quel crime, Vélasquez, expliquez-vous?

— Épris d'une passion folle, aveugle, pour
une beauté que je ne retrace moi-même sur la
toile qu'avec un frémissement de crainte et de
respect, il a fait appel à mon amitié, pour qu'il lui
fût permis d'entrevoir une seule fois les traits
de sa reine pendant qu'elle voulait bien me
donner séance. Ce vide, qui doit être rempli
par la figure d'Actéon, je lui avais promis de le
remplir par son portrait. En ceci, Madame, je
fus aussi coupable que lui; mais nous autres
peintres, nous trouvons si rarement des beautés
célestes, que, pour les fixer sur la toile, nous
irions, je crois, nous suspendre au flanc d'un
abîme! Prononcez maintenant notre arrêt à tous

deux, ô reine ! mais avant de le prononcer, croyez que nul sacrifice ne doit coûter à l'artiste et au gentilhomme : l'un brûlera plutôt la toile commencée, l'autre partira pour effacer à tout jamais l'image empreinte dans son cœur !

— Que m'apprenez-vous ? murmura Isabelle en appuyant sa main sur le chevalet du peintre, un gentilhomme espagnol ose aimer la reine d'Espagne ! Son nom, Velasquez, son nom, pour qu'à dater de ce jour tout ce qui prie en Castille, tout ce qui est pur et fléchit chaque matin le genou devant cette majesté plus haute que la nôtre, qu'on nomme Dieu, adresse au ciel sa voix suppliante pour détourner la vengeance royale de cette tête imprudente ! Ma vue se trouble, Velasquez, ajouta la reine avec une inexprimable terreur et en fixant les yeux sur la toile de l'artiste, ce n'est plus cet homme que je vois sur ce tableau, c'est un condamné voilé de noir et qu'emmène le *verdugo* * de Madrid !

— Le coupable, reprit Velasquez, est, je vous l'ai dit, un gentilhomme. Il faut qu'il vous donne sa parole de Castillan qu'au lieu de vous laisser vous retirer à l'Escurial, comme vous en aviez le projet, il partira, lui, ce soir même, après avoir obtenu son pardon de votre bouche. Vous êtes reine, Madame, à vous appartient le droit de faire grâce ou justice. Ce gentilhomme, le voici !

Velasquez tira précipitamment le rideau, le comte de Villamediana, éperdu, tremblant, tomba aux genoux de la reine d'Espagne.

— Villamediana ! murmura-t-elle, en réprimant un cri étouffé.

— Oui, lui-même, Madame, lui-même qui vient s'accuser d'avoir osé lever un seul instant les yeux sur un astre dont tous les feux éblouissent ! Vous avez devant vous, hélas ! un imprudent

* Bourreau.

qui se met lui-même à votre merci. Oui, cela
est vrai, j'ai été frappé de folie et de vertige!
oui, cela est vrai, j'ai voulu avoir ma reine en
peinture, cette reine à laquelle je n'eusse rien
avoué de mes incurables tourments! Oui, je
suis un insensé. A peine un noble pour vous,
et coupable déjà aux yeux de tous, à peine ami
du roi Philippe IV, et laissant entacher mes
moindres démarches du soupçon de perfidie.
Je suis un poète et un amoureux, voilà tout.
D'autres n'avoueraient pas devant leur souveraine bien-aimée les inquiétudes ardentes de
leur cœur; ils ne lui diraient rien de leurs
anxiétés et de leurs angoisses; moi je suis,
Madame, coupable de vous avoir vue, coupable
de vous plaindre, coupable de vouloir mourir
pour vous! Que de fois les mains levées vers le
ciel, j'ai demandé à Dieu, le maître des rois,
d'amener sur vous les orages et les périls! Il me
semblait alors que le malheur vous eût rappro-

chée de moi ; j'ai rêvé plus d'une fois pour vous
des abîmes imaginaires. Alors , et comme il arrive aux plongeurs désespérés, la sueur au front,
l'espoir au cœur, je me serais jeté dans le gouf-
fre pour en retirer ma perle ; alors j'ai compris
par vous et pour vous la gloire et l'amour, ces
deux tourments réservés aux ambitieux. Oui,
Madame, fixez sur moi vos yeux doux et profonds comme l'azur du ciel , ces yeux vous dé-
couvriront un crime inouï, fabuleux, inexplica-
ble pour vous, noble et gracieuse majesté , mais
je vous aime, Madame, je vous aime comme on
aime une mort glorieuse et douce, un tourment
bien cher, mais inévitable. Ce cygne aussi pur
et aussi blanc que vous, jeune reine, venait de
moi ; ce sonnet, je l'ai confié comme tous les
autres, aux plumes de l'oiseau chéri. Blanche ,
votre amie et la mienne , venait le détacher
chaque soir, le poète se cachait sous l'aile de
l'oiseau. Chaque soir était ainsi une fête pour

moi, un étonnement pour vous. J'avais de la
sorte recours au roman pour vous tromper,
moi qui n'aurais eu qu'à vous dérouler mon
histoire. Vous y eussiez vu un simple gentilhomme vivant au sein d'une cour mathémati-
que, dans le monde de l'imagination et du
cœur, le seul où des âmes comme la mienne
puissent jeter l'ancre, un poète se tuant à fa-
çonner des sonnets devant la plus téméraire et
la plus affreuse des réalités. Oui, lorsque je
demandai à Velasquez de reproduire sur la
toile ces traits divins, lorsque son pinceau ac-
ceptait cette noble tâche, lorsque vous entriez
enfin, il n'y a pas une semaine, agitée, tremblante, dans cet atelier royal, un homme était
là, ému, palpitant, derrière cette toile, un
homme qui se repaissait, Madame, de votre
beauté à votre insçu même, qui frémissait,
craintif, à chaque son échappé de vos lèvres, à
chaque parole sortie du calice de votre cœur!

Cet homme-là, Majesté, c'était moi, ce criminel
que vous devez foudroyer même avant Philippe,
le voici devant vos yeux ! Mais il m'avait semblé,
continua le comte avec un sentiment indéfinissable de tristesse, il m'avait semblé que votre
soleil était obscurci, que votre jardin avait des
ronces, votre cœur un chagrin actif et secret....
Diane, la belle déesse, laissait tomber quelques
larmes, ô reine, dans cette cascade limpide, et
ces larmes troublaient le cristal naïf de l'onde...
En un mot, Madame, l'attrait de votre douleur
était tel qu'il me poursuivait et planait autour de
moi, j'étais malheureux ; mais, ô vous, divin
symbole de la paix et du bonheur, vous, Madame, vous étiez heureuse !

Isabelle avait écouté le comte ; suspendue
alors entre une impression de pitié et une colère
contenue, la reine avait peine à se défendre de
ses étonnements vis-à-vis d'un tel aveu. L'imprudence d'un pareil amour l'effrayait, mais

aussi la conviction amère de son malheur amenait peu à peu de douces larmes dans ses yeux ;
ce jeune homme la contemplait avec une expression si délicieuse d'attendrissement, qu'en vérité
il semblait la plaindre. Un portrait de son royal
maître, Philippe IV, était commencé devant
elle dans l'atelier, cette toile représentait la famille du prince, la reine baissa les yeux en y
rencontrant l'altière figure de son mari, cette
vue la confirma dans son devoir.

— Senor comte, dit-elle à Villamediana,
vous recherchez à la fois un triomphe impossible et un abîme trop sûr. J'imagine cependant
que vous avez conçu de moi une estime assez
haute pour aller vous-même au devant d'un
conseil. Vous vous dites poète, à Dieu ne
plaise, Comte, que j'éteigne en vous ce feu sacré ! Mais les ruisseaux argentés valent mieux
pour la rêverie que les torrents ; penchez-vous,
noble chanteur, vers l'herbe émaillée et les joncs

de la prairie, au lieu de vous adresser aux fleu-
ves qui grondent. Isabelle de France a entendu
le poète Villamediana lui réciter quelques lieux
communs de poésie, la reine n'a rien entendu
de son aveu. Contentez-vous d'éblouir Madrid
par votre esprit et votre luxe ; mais quant à votre guitare, brisez-la, ou ne la faites pas résonner
du moins aux abords de ce palais ! Velasquez
le sait aussi bien que vous, une parole échappée
par distraction , des vers répétés par l'écho, un
mouchoir ramassé ou une fleur jetée dans le coche de la reine, tout cela expose, tout cela tue !
Renoncez aux rêves et sondez la réalité. Entre
nous deux, Comte, il y a un monde ; les paroles
qui font monter au front la rougeur ou la surprise, sont des paroles coupables. Voyons,
ajouta Isabelle avec une curiosité affectée, dites-
nous, plutôt, Comte, le dernier sonnet que vous
avez composé — vous ou le roi — pour la marquise de Tavera...

Ce trait porta coup, et Villamediana pâlit;
il y avait deux ans qu'il était dégagé des fers
amoureux de la marquise, il attribua au dédain
de la reine ce qui n'était pour elle qu'une arme
de rencontre, un moyen facile de rompre un
entretien qui la gênait, et il reprit vivement :

— A Dieu ne plaise, Madame, que je rem-
plisse ici devant vous l'office de poète en titre
de Sa Majesté! j'ai eu, je le sens, le malheur
de vous déplaire et je dois fuir; j'abdique, à
compter de cette heure, ma place à la cour, je
renonce aux enchantements et aux rêves! Oui,
rassurez-vous, le comte de Villamediana sait
ce qu'il doit à sa souveraine et à lui-même, le
temps qui a seul le pouvoir de guérir les blessu-
res fermera peut-être la mienne. Pourtant, reprit-il avec une lente amertume et en fixant sur
Isabelle un regard qui démentait son courage,
il y avait, Madame, en celui qui ose vous parler, un serviteur dont rien n'eût égalé le dévou-

ment et le zèle; heureux ou triste j'eusse veillé
à votre porte, j'eusse prié, pleuré, vécu pour
ma reine, et un sourire d'elle eût racheté mes
douleurs !

Le comte s'était tu, et la vibration de sa voix
plongeait alors Isabelle dans une rêverie douce
et profonde.

Velasquez les contemplait tous deux dans un
silence recueilli, il songeait peut-être que ce
gentilhomme et cette princesse eussent fait pour
lui le sujet d'une peinture exquise de sentiment
et de fraîcheur. Les peintres sont ainsi faits ;
Velasquez oubliait alors tous les pièges semés
autour de cette double imprudence, il demeurait plongé dans une sorte de rêverie extatique,
quand un bruit de pas retentit dans l'escalier à
vis qui conduisait des chambres particulières du
palais à l'atelier.

— Le roi ! s'écria le peintre qui devint plus
pâle qu'un linge.

Velasquez avait pressenti Philippe IV au seul craquement de ses sandales de cuir sur l'escalier, ainsi qu'au cliquetis de son épée contre la muraille. Dix heures sonnaient au Buen-Retiro : Velasquez vit d'en haut le roi qui gravissait les premiers degrés.

— De quel côté fuir? demanda la reine.

— Par ici, Madame, murmura l'artiste, ce passage secret communique aux petits appartements.

Velasquez mit la clé dans la serrure.

— Fermée! s'écria-t-il avec une surprise qui égalait au moins son dépit. Que signifie cette précaution? Don Sébastien de Véra, le majordôme du palais, aurait-il eu l'ordre?..

— Fermée! reprit la reine en jetant autour d'elle un regard d'effroi.

— Rassurez-vous, Madame, dit le comte en mesurant d'un coup-d'œil la hauteur de cette fenêtre; ma présence seule peut nuire en ce lieu

à ma souveraine, je l'en délivre. Adieu, Madame, adieu, Velasquez !..

Et sans que le peintre eût pu s'opposer un
seul instant à l'effort imprudent de Villamediana, le comte avait détaché de ses reins sa
riche ceinture et se laissait glisser par la fenêtre
à l'aide de cette corde improvisée... La reine
réprima un cri, et n'eut que le temps de se cacher derrière le tableau qui représentait Diane
et ses nymphes.

Velasquez venait de refermer la fenêtre,
quand Philippe IV entra dans l'atelier.

VI

La figure blanche.

Le peintre avait eu le temps de tirer le rideau sur la toile derrière laquelle se tenait la reine, il s'inclina devant Philippe IV avec embarras.

— Eh bien! mon Appelles, mon peintre, comment se portent tes pinceaux? dit Philippe en s'asseyant. Si j'en juge ici par le nombre de toiles éparses dans ton atelier, tu finiras un jour par égaler le fécond Calderon, ajouta le roi en

jetant un regard rapide sur les tableaux de Velasquez. *Et ego pictor !* continua-t-il, oui, moi
aussi je suis peintre ! et la preuve, cher Diégo,
c'est que je venais te commander un sujet....
Un sujet tiré de nos chroniques espagnoles et
que connaît, ma foi, tout Madrid.

— Votre Majesté s'entend, je n'en doute
pas, en peinture aussi bien qu'en vers, répondit Velasquez avec un sourire dont le monarque
fut loin de soupçonner la malice.

— Ne parlons pas de vers, reprit Philippe IV,
c'est de peinture qu'il s'agit.

— J'écoute Votre Majesté.

— Je voudrais, continua le roi, je voudrais,
Diégo, que tu fixasses sur la toile un trait que
j'ai lu cette nuit, le meurtre d'Escovedo, arrivé, tu le sais, dans la *calle chica* de l'Almudena, à Madrid. Cela eut lieu sous Philippe II,
mon digne aïeul, n'est-ce pas?

— Sous Philippe II, c'est vrai. Seulement

on ignora toujours si c'était à Philippe ou à Antonio Pérez qu'on devait attribuer ce crime, reprit froidement le peintre. Une femme artificieuse, la princesse d'Eboli, favorite de Philippe, était aussi celle de Perez, — elle trompait le roi.

— Peu importe, poursuivit l'époux d'Isabelle en cherchant à cacher le dépit secret que ce rapprochement faisait naître en lui, le tableau dont j'ai l'idée pourrait représenter Escovedo tombant sous les coups d'un meurtrier : Philippe II regarderait la scène du haut du balcon qui domine l'angle de la rue de l'Almudena.

— Ce sujet est sombre, reprit Velasquez, un gentilhomme castillan assassiné, le soir, dans une rue de Madrid, et un roi d'Espagne regardant cet assassinat !

— Velasquez, poursuivit le roi, vous avez fait pour moi le tableau des *Lances,* celui-ci, je le sais, prête moins à l'élan de votre génie. Cepen-

dant représenter l'histoire de son pays et la
faire passer vivante sur la toile aux yeux d'un
peuple, n'est-ce pas là votre mission?

— Oui, Senor, répondit Velasquez en s'in-
clinant, quand c'est l'histoire des hauts faits de
mon pays que je dois fixer, quand le soleil se
joue aux plis d'un étendard radieux, quand le
prince triomphe noblement, à la vue de tous,
comme vous avez Spinola! Mais ramasser dans
l'ombre une chronique sanglante, peindre un
gentilhomme égorgé lâchement dans le silence
de la nuit, comme un juif traqué par un voleur,
et offrir ensuite cette toile au roi Philippe IV,
mon prince et mon maître! Jamais, jamais, Senor, ce serait un présent outrageux à faire à
mon souverain! Grâce à Dieu, vous n'avez rien
de l'amant royal de la princesse d'Eboli; grâce
à Dieu, votre règne est pur comme votre gloire!
Que mon noble protecteur me demande de le
représenter luttant contre la Ligue et les mau-

vais vouloirs de trois puissances, entouré de ses
généraux et de ses ministres, aimé, admiré de
tous, et faisant éclore les arts comme le soleil
les fruits sous ses rayons créateurs, j'obéirai,
prince, car je suis le peintre de son règne ; mais
obscurcir mon tableau des lueurs sanguinaires
d'un règne effacé, rappeler la mort de d'Egmont
et celle du comte de Horn par la mort d'Escovedo, autant vaudrait, Senor, briser à l'instant,
sous vos yeux, mes pinceaux et ma palette !
Cette idée ne peut vous être venue qu'à la suite
d'une lecture où cette anecdote fatale doit à tout
jamais demeurer ensevelie !

Velasquez avait parlé au roi avec tant de conviction et de force, il semblait si jaloux et si
curieux de la gloire de son prince, que Philippe,
oubliant, pour la première fois peut-être, qu'il
lui résistait, lui tendit sa main avec bonté. Le
peintre de la chambre y porta ses lèvres, mais
il put remarquer en même temps le tremble-

ment fébrile que semblait garder cette main.

— La nuit de Votre Majesté aurait-elle été
troublée ? demanda-t-il, ou le comte-duc Olivarez aurait-il reçu de mauvaises nouvelles de
l'armée?

— Je souffre... répondit le roi ; Velasquez,
pousse un peu cette fenêtre.

Le peintre s'empressa d'obéir, le roi se pencha
à l'appui de la fenêtre et put voir un plant de
rosiers près desquels on remarquait l'empreinte
de plusieurs pas enfoncés profondément dans le
sol encore humide. C'était le chemin que venait de prendre le comte.

— Par ma foi, Diégo, voilà de beaux dégâts
dans ton jardin ! Ce coin de terre est à toi, grâce à notre munificence royale, et voilà comme
ces maudits nains du palais te l'ont arrangé.
Veux-tu que je fasse corriger ces effrontés?

— Inutile, Senor, je saurai bien moi-même,

interrompit l'artiste en cherchant à détourner l'attention du roi...

Mais tout d'un coup Philippe s'écria :

— Les semelles empreintes sur le sol sont trop larges, Diégo, je me trompais. Qui diable a donc pu sauter ainsi ? Au-dessous de toi demeure en cette partie du palais cet écervelé de Luis de Haro ; courrait-il la nuit et le jour hors de chez lui ? Il aura voulu prendre le frais dans mon noble jardin du Buen-Retiro et s'acharner peut-être sous les ombrages à la chasse de quelque rime, car ils se mêlent tous de faire des vers, le croirais-tu ? Tiens, reconnais-tu par exemple cette écriture ?

Et le roi montrait à Velasquez le sonnet mystérieux réclamé la veille par Blanche, mais qu'il supposait avoir été adressé à la reine. Velasquez frémit, il avait reconnu la main de Villamediana.

— Le sonnet, dit-il après l'avoir lu, est celui

d'un commençant. Madrid, en ce moment est empoisonnée d'écoliers qui singent les maîtres. Il n'y a pas de jour où je ne reçoive des papiers roulés dans lesquels les uns veulent bien me comparer à Xeuxis, d'autres au Titien, d'autres à une fontaine ou au soleil ! Ce serait à me donner de l'orgueil, Senor, si mon plus grand triomphe, mon plus sûr et mon plus vrai ne m'avait pas été décerné par Sa Majesté elle-même. Ne m'avez-vous pas permis en effet de me peindre dans ce tableau qui représente votre royale famille ? Ce tableau, Senor, le voici, j'y figure près de vous et de la reine !

Et Velasquez conduisit Philippe devant ce chef-d'œuvre qui était presque achevé, et que Luca Giordano appelait dans son enthousiasme italien la *théologie de la peinture*. Ainsi placé devant sa propre image et celle d'Isabelle, Philippe IV ne put se défendre d'un mouvement secret de joie et d'orgueil, tant cet intérieur royal, où Velasquez s'était représenté lui-même la palette en main, rayonnait de vie et d'éclat.

— Rien ne manque à cette toile, dit le roi, rien, pas même mes nains favoris. Mais où est donc le tien? interrompit Philippe, comme si son démon de la veille lui eût fait défaut ; je ne l'ai pas encore vu de la matinée...

— Nicolasito, repartit le peintre, a été chargé par moi de plusieurs commissions dans le Rastro, il ne peut tarder. Sa Majesté veut-elle me permettre de retoucher ici même quelques ornements de son costume ? ajouta-t-il. En parlant ainsi, Velasquez espérait ramener le roi vers sa toile, et il ne l'avait pas vu se diriger sans un mortel effroi vers le tableau que la draperie recouvrait.

— Impossible... pour aujourd'hui, objecta le roi en soulevant lui-même rapidement le voile jeté sur cette peinture. J'ai séance au conseil dans un quart d'heure.

Le tableau découvert, Philippe demeura frappé de stupeur, il avait reconnu les traits de la reine dans la chasseresse adorable que représentait la toile.

— Que veut dire ceci? demanda-t-il les lèvres pâles et serrées par la colère.

— Que votre Majesté pardonne à son peintre, se hâta de répondre l'artiste, c'est un sujet mythologique que son serviteur respectueux comptait lui offrir... Pour représenter dignement la beauté de cette déesse, j'ai cru devoir me borner à reproduire ici les traits de notre auguste souveraine... Cette toile, Senor, la reine espérait elle-même vous la faire agréer bientôt; vous avez découvert son secret et le mien, veuillez ne pas être un juge trop sévère pour une ébauche.

— Une ébauche... c'est vrai... murmura

Philippe dont l'attention se trouvait alors concentrée sur le tableau ; en effet, voilà ici une figure dont le galbe est seulement indiqué, c'est celle d'Actéon, l'imprudent chasseur. Qui devait poser, Velasquez, pour cette figure ?

— Mais... vous... Senor... vous... balbutia le peintre en rassemblant alors toutes ses forces pour articuler un mensonge qui mettait deux têtes à l'abri... L'autre jour n'ai-je pas suivi votre Majesté à la chasse d'Aranjuez ; et quand le sanglier fut pris dans les toiles, n'ai-je pas osé esquisser d'une main tremblante ce chasseur à l'œil plein de feu qui passait par les halliers ? Ce chasseur, c'était vous, et vous avez souri en voyant le soir, cette esquisse de votre peintre !

Et Velasquez, courant à un meuble de l'atelier, en tira un carton sur lequel il avait fixé en effet les traits du roi, les cheveux au vent, et prenant l'épieu des mains d'un de ses valets de chasse.

— Tu as raison, Diégo, je me reconnais ! reprit le roi ; mais, ajouta Philippe en réprimant un sourire, la reine venait donc ici à mon insçu ?

— La reine honorait l'atelier de votre peintre de rares et courtes visites. Elle n'a point posé pour ce sujet, seulement elle m'a aidé plus d'une fois de sa présence et de ses conseils.

— La reine venait ici ! murmura Philippe, sans répondre à Velasquez et sans que le peintre pût l'entendre. Dès demain, ajouta le roi en se levant et en saisissant le bras de l'artiste, je veux que tu remplisses la lacune de cette tête, je poserai !

— Et ce sera un grand honneur et un jour de gloire pour moi, répondit Velásquez en cherchant à lire la pensée secrète du prince ; mais le visage de Philippe gardait ce masque

impénétrable de pâleur que conservent ses
moindres portraits, et le peintre suivait en vain
chacun de ses mouvements.

En ce moment le roi, en voulant s'asseoir,
rencontra près du fauteuil de Velasquez une pique de chasse dont la hampe était gravée. Les
ciselures en étaient d'un travail exquis, la pique
était de Tolède.

— A qui appartient cette pique? demanda-
t-il. C'est la même que celle dessinée par vous
et placée dans la main d'Actéon sur ce tableau.

— Un accessoire prêté par un marchand de
la rue du Turc, répondit le peintre en tremblant; je compte l'effacer demain de cette toile,
car il n'est pas assez riche. Si Sa Majesté dai-
gne m'envoyer par un de ses valets de chiens
celle qui lui servait à la chasse...

— Velasquez, reprit le roi, en se levant tout
d'un coup et comme si l'hésitation de l'artiste

l'eût éclairé, ce n'est pas moi que tu devais représenter sur cette toile...

— Que veut dire Votre Majesté ? demanda
le peintre.

— Par mon père, murmura le roi en brisant
tout d'un coup la pique sur son genou avec la
fureur d'un lionceau ; si je le savais !... Lever
son regard sur la reine, même en peinture, c'est
braver la mort ; crois-le, le respect que je porte
à tes chefs-d'œuvre ne m'empêcherait pas de
me venger sur eux-mêmes ! Oui, continua-
t-il avec une exaltation de colère toujours croissante, je te paierais ta toile, ô mon peintre,
mais je percerais cette figure insolente de mon
épée !

Philippe IV avait tiré le glaive hors du fourreau et se précipitait sur la peinture, après avoir
jeté une bourse aux pieds du peintre... Il y eut
en ce moment un cri étouffé derrière le cadre...

— Quelqu'un ici ! s'écria le roi, quelqu'un qui nous écoutait ou se cachait !

Et il courut l'épée haute vers l'endroit d'où la voix s'était fait entendre, après avoir écarté le cadre. Une femme, sa mante rabattue sur le visage, était blottie dans l'angle du mur.

— Blanche ! s'écria-t-il en levant son voile, Blanche ici !

L'étonnement du peintre égalait au moins celui du roi, car il ne pouvait s'expliquer la présence subite de la jeune fille. Velasquez resta muet. La vue de la bourse jetée par Philippe sur le parquet de l'atelier lui rendit bientôt la parole.

— A Votre Majesté longue vie et longue gloire ! dit Velasquez en faisant un pas vers la porte de l'atelier ; elle est libre maintenant de me remplacer et de se choisir un autre peintre ! Cet or que vient de jeter ici sa colère, ses valets ou ses flatteurs le ramasseront ; ils l'ont mérité

I.   9

mieux que moi! Adieu, Senor, adieu; que le
ciel vous protége!

— Velasquez, reprit le roi tout confus de sa
violence, Velasquez, pardonne-moi! Oui, j'ai
cédé, je le sens, à un mouvement de jalousie;
j'ai cru que la reine était ici, j'ai cru... Il n'y
avait avec toi, dans cet atelier, qu'une jeune
fille que ma colère a failli tuer... Empressons-
nous tous deux de la secourir! Tu as fait plus
d'une fois le portrait de Blanche, pourquoi donc
se cachait-elle en me voyant entrer ici? continua
le roi en s'approchant de l'amie d'Isabelle, avec
intérêt.

— Parce que, seigneur, vous l'épouvantez
ainsi que moi, reprit Velasquez, ainsi que tous
ceux qui vous aiment! Vous êtes jeune, fou-
gueux, et Blanche vous craint; elle a peur du
roi, comme je viens, moi, d'avoir peur, non
pour ma peinture, mais pour l'honneur de mon
maître! Oui, prince, ajouta Velasquez en flé-

chissant le genou devant Philippe, jurez-nous
à tous deux de ne plus écouter d'indignes conseils... promettez-nous d'être heureux !

Blanche avait repris peu à peu ses sens; elle
tourna vers le roi ses yeux d'un bleu céleste
dont les cils étaient bordés de douces larmes.

— Où est la reine? demanda Philippe.

— A la chapelle du palais, où elle attend
Votre Majesté.

— Je ne te quitterai point, Velasquez, reprit
le roi, sans avoir effacé, autant qu'il peut me
l'être permis, le tort de mes soupçons. Dans ce
tableau, qui représente ma famille, tu figures,
c'est vrai, à ma demande et d'après mon ordre ;
il manque quelque chose à ton portrait, noble
maître; donne-moi ton pinceau, je réparerai
cet oubli !

Velasquez hésitait; le roi prit lui-même le
pinceau de l'artiste, et peignit, d'un trait, la
croix de San-Yago sur sa poitrine.

— Maintenant, lui demanda-t-il, pardonne-ras-tu à ton peintre?

Velasquez s'était jeté aux genoux du roi, Philippe le releva et lui ouvrit ses bras avec effusion.

— Sur mon cœur! reprit-il, chevalier de San-Yago!

En ce moment aussi et lorsque le peintre, haletant de surprise et d'émotion, s'inclinait pour laisser passer le roi se rendant à sa chapelle, Nicolasito parut au seuil de l'atelier. Le visage du nain exprimait assez son étonnement et son dépit. C'était lui en effet qui avait fermé dès le matin, en dehors, le passage secret qui menait aux petits appartements, lui qui espérait ne rentrer chez Velasquez que pour y récolter le fruit de sa délation et de sa perfidie.

— N'y aura-t-il donc aucune récompense pour moi? demanda-t-il avec une humilité hypocrite en se prosternant sur le passage de Philippe IV.

— Si fait, Nicolasito, reprit le roi d'un air sévère, je pourrais te faire enfermer huit jours, au pain et à l'eau, dans ce qu'on appelle *le Chenil des nains*. Tu m'as induit en erreur par de faux rapports, tu as semé autour de moi le mensonge et la calomnie ! Cependant si Blanche intercède pour toi, je te rendrai à ton maître ! Tu vois que le roi est clément, Nicolasito !

— Juste et clément, reprit le nain en élevant vers Blanche son regard comme une prière.

On eût dit de Satan qui aurait supplié l'Ange.

— Nicolasito, dit Blanche, promettez-vous de ne plus mentir ?

— Je promets de servir toujours sa gracieuse majesté, répondit le nain.

Il ajouta plus bas :

— Et avant elle ma vengeance !

— Vous nous avez sauvés ! murmura le peintre à l'oreille de Blanche. Qui donc vous avait donné la clé du passage?

— Don Sébastien de Vera que j'ai rencontré.

— Mais le comte?

— Le comte de Villamediana partira ce soir même pour Valladolid, il me l'a promis.

Velasquez serra la main de Blanche et suivit le roi, avec la jeune fille, à la chapelle...

VII

La guérite du diamant.

Quelques mois après ceci, par une lune d'hiver claire et brillante, un peloton de soldats faisait sa ronde accoutumée autour du Palacio-Real, lorsqu'il y eut un grand bruit sons les *cocheras* (remises du palais) entre plusieurs palefreniers du roi qui se chauffaient à un feu pétillant et vif.

Le sujet de la querelle était celui d'une appa-

rition sur laquelle les plus superstitieux ne
manquaient pas alors de renchérir. La garde du
palais cherchait vainement à mettre le holà,
tant les têtes étaient montées.

— Quand je te dis, Lopez, grommelait un vieux
cocher du roi Philippe III, que tu as la berlue,
ou que tu deviens plus peureux qu'une vieille
fille!... Oser soutenir qu'il y a des revenants
sur la terrasse qui regarde le nord !

— *Des* revenants, Pépé, oh! que non pas ;
c'est *un* revenant que j'ai vu, bien vu comme je
te vois! Au dernier bal donné à sa très gracieuse majesté la reine, il se tenait en cape blanche
dans la guérite du diamant, cette guérite aban-
donnée à cette heure, tu sais pourquoi?

— Je le crois bien ; il y fait un froid si pi-
quant que, sous le roi défunt, on n'osait laisser
une sentinelle plus d'un quart d'heure dans
cette guérite. Il y a des exemples de soldats qui
en sont morts... tout Madrid te le dira.

— C'est peut-être l'âme de l'un de ces pauvres diables qui revient, poursuivit Lopez, mais
ce qu'il y a de sûr, c'est que j'ai vu l'un d'eux
y monter son tour de faction l'autre semaine...
A preuve que je me suis dirigé vers lui dans les
ténèbres, à tâtons, tenant d'une main mon pis-
tolet et de l'autre mon *brasero*. Si c'est le malin
esprit, me disais-je, c'est fini, je tire dessus ; si
c'est un pauvre hère qui a froid, je le réchauf-
fe de mon mieux.

— Eh bien! qu'as-tu vu? demandèrent les
palefreniers et les soldats.

— J'ai vu alors le fantôme, — évidemment
c'était un fantôme avec son linceul ! — fixer sur
moi sa prunelle ardente comme un charbon,
étendre le bras de dessous sa cape blanchâtre
et me jeter une bourse...

— L'excellente histoire ! Tu dus être enchan-
té de la recette ?

— Oui et non, car il me fit signe en même

temps de m'éloigner d'un air si altier qu'il me
fallut obéir. Le regard du soldat semblait alors
fixé sur l'une des fenêtres du palais... Je m'en
fus à pas de loup, et le lendemain, ainsi que
les jours suivants, il n'était plus là...

— Et sa bourse ?

— Sa bourse était, ma foi, d'un volume fort
raisonnable pour un reître passé au service de
Satan. J'y trouvai des maravedis en nombre
rare, mais, en revanche, d'excellentes piastres
marquées au poinçon de la Monnaie.

— Voilà un revenant généreux et bien appris, répétèrent en chœur les soldats ; si le roi
Philippe III, le père de notre monarque, n'était
pas mort victime de la chaleur d'un brasier, au
lieu de périr de froid, comme plus d'un brave,
dans cette guérite, on serait tenté de croire que
c'est lui... Quoi qu'il en soit, Lopez, tu n'aurais pas mal fait de confier la chose à don Zuniga, le confesseur de sa majesté...

—C'est ce que j'ai fait, vrai Dieu! Il m'a renvoyé en disant que j'étais fou et m'a forcé de verser une partie de la bourse dans le tronc des pauvres.

— Et depuis ce temps tu n'as plus revu le fantôme ?

— Depuis cette nuit du bal de la reine, je ne l'ai plus revu, c'est vrai. Un *panadero* * de la calle d'Atocha m'a souvent conté, dans ma jeunesse, qu'une fois que l'on a osé parler hardiment à un fantôme et lui dire son fait, il n'est plus tenté de renouer conversation avec vous. Celui-ci était bon prince, cependant, et je fais une neuvaine à deux églises différentes pour qu'il revienne!

— A merveille, enfants! voilà qui va bien, reprit alors le capitaine de ronde. Quel est celui de vous qui désire monter ce soir sa faction dans la *guérite du diamant?*

* Boulanger.

Les soldats se turent et quelques-uns d'eux se signèrent... le vent qui s'élève, hiver comme été, au-dessus de la crête de la Guadarama, coupait l'air comme une flèche. Ce vent est si pénétrant et son effet si connu, que nul homme n'osait réclamer l'honneur périlleux de cette faction d'ailleurs inutile.

— Par Notre-Dame del Carmen ! ce sera donc moi, frileux que vous êtes ! reprit alors le capitaine. Il ne sera pas dit que don Hector de la Zarza aura eu peur de se voir éteint en ce lieu comme une chandelle ! Mon aïeul a combattu les Maures, et je ne crains pas plus les revenants que le froid ! En marche, continua-t-il, et, notre ronde achevée, je choisis ce lieu pour bivouaquer un quart-d'heure... S'il prend fantaisie au spectre de causer, j'ai de quoi le recevoir !

Et le capitaine don Hector de la Zarza, qui n'était pas homme à se dédire, toucha les deux pistolets damasquinés qui pendaient à sa ceinture de cuir fauve. Minuit sonnait à l'horloge placée par l'architecte Felipe Juvara à la façade du palais qui regarde l'Armeria-Real, et les lumières du vaste château s'éteignaient peu à peu à chaque fenêtre. Le froid était si vif, que chacun avait la cape sur la bouche; on eût pu prendre de loin cette petite troupe pour la ronde de nuit si célèbre dans le tableau de Rembrandt.

Lopez, le palefrenier, ferma les portes des *cocheras;* le feu s'était éteint, et le vent balayait déjà les pommes de pin qui avaient servi à l'allumer. La garde de nuit continua sa marche, et l'on n'entendit plus bientôt que le cri des *serenos* de Madrid, ces horloges vivantes qui chantent les heures.

Une seule fenêtre jetait encore à travers ses vitres des lueurs pâles et tristes, c'était la fenêtre de la reine.

L'appartement qu'occupait Isabelle dans ce palais inachevé encore aujourd'hui, donnait

sur la façade qui regarde la Guadarama. Il était
dans le goût demi-flamand de l'époque, les
murs en étaient tendus en soie violette, couleur
que la reine affectionnait d'un amour particulier. Le plafond, représentant la monarchie espagnole jusqu'à ce règne, était de Jean-Baptiste
Tiepolo ; le lit à pentes de tapisseries semées de
perles occupait le fond. La chambre d'Isabelle
n'avait qu'un portrait, celui de la reine Élisabeth, détaché de l'Escurial par ordre exprès du
comte-duc. Cette reine, morte en couche et non
sans soupçon de poison, suivant les historiens,
cette femme de Philippe II, qui périt âgée seulement de vingt-trois ans, et dans la même année que l'infortuné don Carlos, le fils aîné du
monarque, gardait sur cette toile un sourire
morne et triste.

Isabelle de Bourbon n'avait pas cependant
tardé à introduire, dans cette chambre digne du
cloître, quelques-unes des modes venues de

France : ainsi le panneau du milieu était flanqué d'un clavecin de Baltazar Salviati, fameux facteur de ce temps ; sur le *toccador* (lieu de toilette) il y avait une infinité de peignes en écaille et en ivoire, artistement travaillés par le tourneur Gédéon Morel, de la rue des Arcis, à Paris. Des gants, des manchons et des sachets, parfumés d'eau de senteur, étaient épars aussi sur la table de cette toilette.

Minuit venait de sonner, avons-nous dit, et un *brasero* (car il n'y avait point alors de cheminée dans les chambres royales) éclairait une jeune fille faisant rôtir, à ce feu terne et absorbant, quelques *castagnas* (marrons), qu'elle pelait ensuite, de ses doigts effilés, pour la reine.

Blanche (c'était elle) demeurait assise sur un carreau de velours, pendant que la reine essayait à son orgue une brunette*, air du temps. Blanche était habillée à l'espagnole d'une robe

---

* *Brunette*, air fort en vogue jusque sous Louis XIV.

satin vert en broderie d'or et d'argent ; les
manches pendantes et renouées sur les bras
avec des boutons de perles ; une fraise fermée
et un petit bonnet sur la tête, de même couleur
que la robe, complétaient l'ajustement ; sur la
toque il y avait une plume de héron qui faisait
ressortir, par sa noirceur, la beauté de longs
cheveux blonds tout frisés à grosses boucles.

Pour la reine, elle venait alors d'ôter son
rouge, dont l'usage espagnol, prescrit par l'étiquette, la gênait beaucoup ; et, comme elle se
trouvait par bonheur débarrassée de ses meni-
nes , de ses *senoras de honor*, de ses *criadas*, et de
ses caméristes, elle était en peignoir de chambre
fermé par une échelle de rubans couleur de rose.
A côté d'elle, et sur une petite table, était disposé un jeu de honchets, jeu pour lequel le roi
l'accusait souvent de ne montrer aucun goût,
elle s'exerçait à ce jeu dans la crainte de lui
déplaire.

Un quart-d'heure venait de s'écouler depuis
que la reine avait fermé son clavecin, lorsqu'Isabelle avisa de l'œil, sous une des tables
de sa chambre, un coffret assez large qu'elle
s'empressa d'ouvrir avec une curiosité enfan-
tine. La reine ne parut pas moins surprise que
Blanche de cette découverte.

— Qui m'adresse ces beaux présents? demanda-t-elle. Est-ce une galanterie de mon
frère Louis XIII ou de son ministre? Un missel
de France, à fermoirs d'or et de perles, des
gants brodés, des pendants d'oreilles! En vérité, la duchesse d'Oropeza et la duchesse d'Albuquerque vont en mourir! Ma petite Blanche,
voici pour toi : un œuf d'aventurine avec un
jeu de cartes venu de France. Vois plutôt, mignonne, les figures sont toutes françaises!
Dieu! quel plaisir pour moi de revoir des Français, même en peinture!

— Ma foi! oui, princesse, et surtout ceux-là que nul n'aura vus ici avant nous !

La reine, en effet, venait d'ouvrir l'œuf, et il en sortit un jeu complet de cartes très délicatement enluminées.

— Mais, encore une fois, d'où peut nous venir ce présent?

— Qui sait, Madame? Du duc de Pastrano, ministre d'Espagne, peut-être, et qui maintenant habite Paris; il vous trouvait si belle! et il pleurait de si bon cœur quand il s'en fut en France faire la demande de votre main !

— Le duc de Pastrano, mignonne, me trouverait à cette heure-ci bien changée! Tiens, je m'en souviens, Blanche, il était aussi voûté que l e roi David de ce jeu de cartes, et riait de bon cœur quand nous étions seuls. Que c'est belle chose de rire à la cour, n'est-ce pas?

— Il est vrai, reprit Blanche, d'un petit air boudeur, que ce n'est pas par la gaité que brille

ce palais ; on dirait que nous sommes ici pour
nous amender et nous repentir comme en ca-
rême. Se promener dans des carrosses dont tous
les mantelets sont abaissés ; apprendre la danse
gothique d'une raide camera-mayor ; si c'est
là, Madame, une vie qui vaille celle que l'on
nous offrait à Fontainebleau !...

— Tais-toi, petite folle, tu finirais par te faire
destituer ! Songe plutôt à me mettre ces pendants d'oreille, et tu me feras ensuite les cartes... Nous saurons peut-être de cette façon de
qui me vient cet envoi.

Cela est étrange ! murmura la reine, il n'y a
aucune lettre jointe au coffret !

— Si j'étais bien sûre que Madame ne me
grondât pas, reprit Blanche en attachant à
l'oreille rosée de sa belle maîtresse les pendants
qu'on lui envoyait, je lui dirais bien d'où viennent ces cadeaux, dont l'auteur s'obstine à se
taire ; ils ont été apportés ce soir même, il n'y

a qu'une demi-heure, par un valet galicien au service du comte de Villamediana...

— Le comte de Villamediana ? reprit la reine en cherchant à dissimuler son trouble à Blanche, — y penses-tu?... Il y a plus de trois mois qu'il a quitté Madrid, plus de trois mois que Luis de Haro lui-même et le comte Orgaz n'en ont aucune nouvelle.

— Il est vrai, Madame, le comte de Villamediana, fidèle à son serment et à sa parole, s'est exilé volontairement, et je doute qu'il revienne. Les uns le disent en France, d'autres à Grenade où il s'est renfermé, d'après certains bruits, à la *Cartucca* *.

— Et tu crois avoir reconnu la livrée de son valet? En ce cas, mignonne, il faut que j'interroge ce messager.

— Hélas! Madame, je crains, entre nous, que ce messager ne soit porteur de mauvaises

* La Chartreuse.

nouvelles. Le comte avait de puissants ennemis
à la cour, le ministre d'abord, puis quelques
belles dames de Madrid, dont il rechercha de
trop près la faveur ; un coup de stylet est bientôt donné en ce pays-ci... Si le comte...

— N'achève pas, le ciel m'est témoin que je
n'ai jamais encouragé les témérités de ce jeune
seigneur ; mais savoir que je suis la cause de
son exil, penser qu'à cette heure peut-être il
s'en est allé mourir loin de son pays ! Blanche,
ma chère Blanche, je souffre trop loin du mien
pour que cette idée ne perce pas mon âme de
la plus cruelle tristesse. Dès demain, il le faut,
tu feras chercher le messager, et il faudra bien
qu'en remportant cet envoi, il m'apprenne le
sort du comte. Mourir si jeune ! ajouta la reine
avec un soupir et en détachant elle-même les
pendants qu'elle replaça dans le coffret.

Blanche l'observait alors malicieusement, et
comme une jeune sœur observe son aînée ; elle

ajouta bientôt en reprenant son enjouement ordinaire :

— Folle que je suis ! je vous attriste par ma faute. Oublions-nous, Madame, que si ce jeune gentilhomme n'était plus, nous en aurions été prévenues par une autre mort ?

— Laquelle ?

— Celle de votre favori ! Celui-là vous pouvez l'aimer sans qu'on y trouve à redire, bien que souvent la colère et la jalousie du roi !... Mais je veille sur lui, ajouta Blanche en sortant de sa poche une charmante petite clé d'or, moi seule je lui parle et le caresse. — Rassurez-vous, Madame, le comte existe, puisque ce soir je passais encore ma main sur le col onduleux du cygne qu'il vous a donné. La Bohémienne l'a dit : « Le jour où l'oiseau mourra, quelqu'un qui aime la reine mourra aussi ! »

— Mais le roi ne m'aime-t-il pas ? demanda la reine avec un sourire contraint.

— Le roi, le roi! reprit Blanche en baissant la voix, n'est plus le même depuis que le comte-duc loge ici dans le palais. Chaque jour son humeur devient plus sombre; il parlait l'autre jour devant nous de se retirer à l'Escurial, comme Philippe II. La jolie retraite! On dit qu'il y fait un froid plus dur mille fois qu'ici! Jamais il ne passe, remarquez-le, devant l'Ile-des-Cygnes.

— Tu m'effraies. Mais si quelque jour le roi tuait cet oiseau?

— Ce jour-là, Madame, serait le dernier jour de votre *mourant,* reprit Blanche avec une assurance superstitieuse. En France, la régente consulta, dit-on, un jour un Italien boiteux et laid qui passait sa vie à tirer les cartes. — Quel jour mourra Zamet? demanda-t-elle devant ce Zamet chez qui votre père allait souvent. — Le jour où l'on chantera les ténèbres en musique au Petit-Saint-Antoine sa paroisse, un tuyau

de l'orgue se rompra. — Zamet fut frappé, il fit
visiter l'orgue une fois chaque semaine; il avait
fini par loger l'organiste dans la rue de la Ceri-
saie, en son propre hôtel. — Eh bien! Madame,
un soir de juillet 1614, l'orgue se rompit, et
Zamet mourut!... C'est M. de Montluc qui con-
tait cela à mon père.

— Superstitieuse!

— Sa Majesté l'est autant que moi. Et le roi
donc! Je suis sûre que s'il ne croyait pas que la
prédiction de la Bohémienne, prédiction que je
lui ai contée l'autre jour, pût l'atteindre, il fe-
rait de notre cygne un superbe auto-da-fé!

Isabelle était devenue rêveuse; élevée à la
cour de France où les idées et les terreurs sur-
naturelles dont Leonora Galigaï devait abuser
depuis, égaraient les esprits les meilleurs et les
plus sages, elle accordait à certains manèges
divinatoires une crédulité romanesque et pas-
sionnée. Les cartes tirées de l'œuf d'aventurine

étaient sur la table ; elle les fit battre par Blanche, et la jeune fille commença à les lui nommer selon leur effet et leur ordre cabalistique.

— La *dame,* c'est une belle brune, vous le
voyez, chère princesse, elle a la couronne en
tête, l'éventail en main, et on la nomme *Judith.*
Pour l'instant, elle est préoccupée du sort de
quelqu'un. Ce quelqu'un, c'est Lahire, *le valet
de cœur.* Il voyage. Le *roi,* — je lui trouve l'air
assez peu aimable à ce *roi*-là, — le roi s'appelle
Alexandre, il dort en ce moment-ci.

Blanche continuait, lorsqu'un bruit étrange
retentit tout-à-coup sous la fenêtre. On entendait craquer distinctement la semelle de plusieurs hommes ; la jeune fille se pencha et reconnut la garde de nuit.

La *ronda* (c'était le nom de cette compagnie
nocturne) marchait avec précaution et frôlait le
mur comme pour surprendre alors en flagrant

délit un homme qui se tenait par cette nuit froide dans la *guérite du diamant.*

La contenance de ce personnage mystérieux avait éveillé sans doute les soupçons du capitaine don Hector de la Zarza, car il s'approcha résolument du fantôme, malgré les sots contes des palefreniers, et lui commanda de sortir à l'instant même de la guérite. Mais en ce moment il fut très surpris de ne recevoir aucune réponse ; l'inconnu paraissait privé de sentiment, et il s'était affaissé sur le banc de pierre de la *garita.*

— A l'aide, mes amis ! cria à ses gens le capitaine don Hector, voilà un homme qui se meurt !

— Ou qui est déjà mort, ajouta le sergent ; ses mains sont aussi froides que de la glace...

On approcha une lanterne du visage de l'inconnu, et le capitaine l'eut à peine envisagé qu'il s'écria en levant les bras au ciel :

— Dieu me pardonne, c'est le comte de Villamediana !

— Quel est ce vacarme ? demanda cauteleu-
sement un petit homme trapu comme un bas-
set, qui paraissait venir de cet endroit souterrain placé près des cuisines du Palais-Réal, et
qu'on nommait le *Chenil des nains.* Avez-vous
besoin de mon aide, Messieurs, et ne voulez-
vous pas que nous transportions ce seigneur
dans notre domaine ? Il y fait du moins plus
chaud qu'ici, attendu que nous sommes quatre !

— Le lieu le plus proche est le meilleur, reprit don Hector. Mais quelle est cette robe blanche qui vient de notre côté ? Par saint Isidore !
on dirait d'une jeune biche qui a pris sa course
à travers l'Escurial... Nicolasito, continua don
Hector en s'adressant au nain, va donc à sa
rencontre, c'est peut-être une jeune menine
qui nous porte un ordre !

Le nain retourna vers l'escalier de pierre du

palais, d'où Blanche venait de descendre alors
précipitamment ; elle avait tout vu, ainsi que la
reine, et croyait ne secourir qu'un soldat oublié
dans la guérite. En obéissant à la seule voix de
la pitié, la jeune fille eût voulu se faire des ailes ; la figure du nain fut la première qu'elle
rencontra.

— Le nom de ce soldat ? demanda-t-elle à
Nicolasito.

—- Vous le reconnaîtrez aisément, répondit-
il avec une ironie concentrée, approchez-vous.

Blanche s'avança, elle poussa un cri ; elle
avait vu le visage du comte... Don Hector et le
nain s'empressaient de transporter le malheureux dans la seule partie du palais où l'on pouvait s'introduire à cette heure, toutes les autres
salles étant interdites. La fille d'honneur de la
reine n'eût pu obtenir elle-même des gardiens
qu'on levât cette consigne.

Quand le comte rouvrit les yeux, à la chaleur

suffocante d'un *brasero* placé au milieu de ce taudis, il se trouva dans une pièce souterraine dont son imagination n'eût pu guère rêver ou prévoir l'aspect curieux : c'était le *Chenil des nains du roi,* dont Nicolasito lui avait ouvert la porte.

Cette chambre hideuse consistait en un espace resserré, sur le sol duquel étaient étendues quelques vieilles nattes : trois êtres difformes, enveloppés de méchantes mantas *, demeuraient couchés en ce lieu, pêle-mêle avec des chiens. D'énormes fouets et des instruments de torture étaient suspendus à la muraille pour châtier dans l'occasion les nains ou les idiots récalcitrants. Ces affreuses créatures conservaient près d'elles les restes de leur souper, composé de quelques ognons crus et de pois chiches; leur gardien, un nègre du nom de Pompeo, avait seul un hamac retenu à la pou-

* *Mantas* (couvertures.)

tre par deux courroies. L'horreur de ce lieu,
faite pour soulever le cœur à un gentilhomme
musqué de la cour, s'accroissait encore de l'heure
indue et des ténèbres ; une misérable lampe ac-
crochée à une chaînette de fer éclairait seule le
chenil.

La chaleur de ce caveau nauséabond et le
cordial dont Blanche avait pris soin de se mu-
nir avaient cependant remis peu à peu le comte
de Villamediana ; mais quand il rencontra autour de lui ces yeux fauves, hagards et luisants
dans l'ombre comme ceux des chacals ; quand
il vit surtout se lever sur leur séant ces monstres
à moitié endormis, il eut peur et il se signa.

La présence de Blanche parvint à le rassurer ;
il saisit de ses mains défaillantes la main de la
jeune fille.

— Où suis-je? demanda-t-il en promenant
sa vue autour de lui.

— Chez moi, señor comte, répondit Nicola-

sito qui l'aidait alors devant le brasero à se dé-
gager de la cape blanchâtre qui le couvrait. Un
papier tomba en ce moment de l'une des poches
du manteau, et le nain s'en saisit avec la subti-
lité d'un alguazil, sans que nul eût pu voir ce
mouvement...

— Capitaine Hector, dit le comte de Villamediana, en reconnaissant le chef de la ronde
de nuit, voulez-vous être assez bon pour prévenir le majordome de mon hôtel, don José
Varialla, de mon retour à Madrid ? En lui faisant
porter cette bague par un de vos hommes, il verra
bien qu'on lui dit la vérité.

Le capitaine s'empressa de satisfaire à la demande du comte. L'apparition de Blanche lui
donnait beaucoup à penser ; son empressement,
sa tristesse cachaient peut-être de l'amour ; don
Hector crut à une aventure romanesque, et prenant la main du comte avec une affectueuse
compassion :

— Je comprends, lui dit-il à l'oreille, je vous laisse ici sous la surveillance d'une trop jolie garde-malade, pour que vous ne guérissiez pas bien vite ! Il suffit, monseigneur, je ne parlerai point de l'aventure.

Le capitaine se retira alors avec sa troupe pour continuer la ronde de nuit. Un vent furieux, glacé, bruissait à travers les soupiraux de cette cave ; Nicolasito et ses trois compagnons, accroupis autour du comte, le regardaient avec cette attention émerveillée que les gens du peuple ont pour les grands...

Sous la cape à longs plis qu'il venait alors de quitter, Villamediana gardait un costume sombre et sévère, un pourpoint de velours à crevés de soie et un haut-de-chausse noir comme le pourpoint sur lequel sa large épée à coquille était pendue à un ceinturon de buffle. Un collet en dentelle, formant l'éventail ; des éperons et une dague complétaient cet ajustement. En se

retrouvant ainsi au milieu de cette salle basse
où traînaient, sur le sol, des vestiges de glands,
de citrons et d'os rongés, dans cet infâme dor-
toir des nains dont le gardien avait l'air d'un
tigre, le premier mouvement du comte fut de
tirer sa bourse et d'en répandre la monnaie sur
le carreau... Il y eut alors dans le chenil un
rugissement comparable à celui des bêtes fauves; mais un coup de fouet siffla dans l'air, et
Pompeo, le gardien, se mit seul en devoir de
ramasser l'or de Villamediana.

— Comment te retrouvé-je ici? demanda le
jeune homme à Nicolasito qui ne s'était pas pré-
cipité comme les autres sur les pièces d'or qui
jonchaient le sol. N'appartiens-tu donc plus à
Velasquez?

— J'appartiens au roi, au roi seul, reprit Nicolasito en se rengorgeant de l'air d'un paon
qui fait la roue. Je n'habite ce lieu que pour
dormir, si je dors toutefois! murmura le nain

sans que le comte pût l'entendre. Les statuts du palais m'obligent, Señor, à partager la nuit le gîte de mes camarades; mais le jour, le jour est à moi !

En prononçant ces mots, le front du misérable s'était relevé, il avait tiré d'une bourse de cuir de l'amadou et un briquet, et il allumait un flambeau de cire jaune avec un frémissement de satisfaction et d'orgueil.

—Voici mon costume pour le carrousel d'après-demain, Señor, — dit-il en ouvrant les deux battants d'une large armoire de fer, dans laquelle, en effet, Villamediana put voir une file d'habits et de jaquettes chamarrés au blason de Castille et d'Aragon; — qu'en dites-vous? Après demain, moi seul j'aurai le droit de me tenir au balcon de la Panaderia, entre les jambes du roi, durant tout le carrousel... J'aurai le droit de lui dire mille folies, de lui nommer les combattants et les seigneurs qui figureront dans les *parejas* *; vous serez du nombre, n'est-ce pas ?

Villamediana ne crut pas devoir répondre au bouffon, le bruit d'une voiture retentissait en ce moment au-dessus de l'affreux repaire. Pendant que le gardien distribuait aux hôtes de ce trou quelques pièces de monnaie tirées de la bourse du comte, celui-ci, prenant Blanche à part sur les premières marches de l'escalier, la remerciait avec une effusion touchante. La jeune fille n'avait pas le courage de blâmer son retour imprudent, et cependant elle ne pressentait que trop les dangers qui allaient planer autour du comte. La folle passion de Villamediana réveillait en elle mille craintes sourdes. En se retrouvant aux premières lueurs de l'aube, seule avec le comte, sur la terrasse du Palacio-Réal et devant la montagne bleue de la froide Guadarama, Blanche observa avec dou-

* Carrousel.

leur les ravages opérés dans les traits de Villamediana ; ses joues étaient amaigries, ses cheveux flottaient en boucles éparses sur son front,
un tremblement fébrile, continu, agitait ses
membres.

— J'ai voulu la revoir, reprit-il, la revoir
sans qu'elle le sût ! L'autre soir, pendant son
bal, j'étais là, sous ses fenêtres, ajouta-t-il en
montrant la guérite du diamant. La vie que j'ai
menée depuis que j'ai quitté Madrid est horrible. J'ai essayé de tout, même de la prière, reprit le comte, mais on ne peut vaincre sa desti-
née de malheur !... La mienne est d'aimer et
de me taire, la mienne est de souffrir ; eh bien !
je souffrirai, Blanche, ce m'est seulement une
joie de penser que, vous aussi vous souriez
quand je souris, et vous pleurez quand je
pleure ! Adorable enfant ! dont le dévoûment
à votre souveraine fait la vie ! Mais, encore une

fois, Isabelle n'a-t-elle pour moi que du mépris ou de la pitié?

Blanche évita de répondre à cette question; seulement, et lorsque le comte se fut élancé brusquement dans sa voiture, en lui voyant garder le silence, elle tira de dessous sa mante le coffret de Villamediana et le passa par la portière au majordôme, qui était sur le devant. En même temps elle franchit d'un pas rapide l'espace qui la séparait du palais, afin de rejoindre en hâte sa chère maîtresse.

— Honte et malheur sur moi! s'écria le comte, pendant que ses mules l'emportaient.

Et, vidant la cassette sur le tapis de Hongrie qui faisait le fond de sa voiture, il foula aux pieds les objets précieux qu'elle contenait. Le majordôme le regardait sans pouvoir s'expliquer cette rage et cette fureur. Des larmes amères, brûlantes coulaient des joues violettes du comte; et quand ses valets lui ouvrirent, il leur abandonna les riches dépouilles qui jonchaient alors le fond de son carrosse.

Quand il se retrouva seul devant le seuil de sa chambre :

— Maintenant, s'écria-t-il, le sort en est jeté : mourir ou vaincre !

VIII

Un Carrousel.

Ce jour-là il y avait foule sur l'immense place de la Panaderia de Madrid, une foule aussi grande, aussi compacte qu'à un combat de taureaux sur la *plaza*, où les grands de la cour ne dédaignaient pas alors de remplir l'office de *toreros*.

Ceux qui ont pu voir cette place savent qu'elle forme un carré parfait. Or, on eût dit

alors d'un seul et immense balcon tendu de velours ; au milieu figurait un large dais à crépi-
nes d'or.

Sous ce dais était placée la famille royale.

Les quatre nains du roi, Nicolasito Pertu-
sano, Maria Barbola, Sulpicio Natan et Bobo de
Coria, en jaquettes brodées, agitaient leurs ma-
rottes et tenaient en laisse de gros chiens au bas
de l'estrade de Philippe IV, estrade de fer doré
qu'entourait une large barrière. A côté d'eux
était la *guarda mayor* du palais, aux vestes wal-
lones ; et sous un parasol aussi élevé qu'une
tour, l'alcade *della corte* avec un rempart d'*al-
guaziles.*

Le temps était magnifique ; le soleil éclairait
des yeux noirs et profonds sous chaque voile et
chaque mantille ; toutes les filles des Espagnes,
les plus jeunes et les plus belles se penchaient
aux balcons comme autant de fraîches guir-
landes.

La reine portait ce jour-là un manteau ma-
gnifiquement moucheté de perles, dont un nègre soutenait la queue ; ses cheveux étaient
tressés d'une infinité de rubans, et de longues
épingles en diamants (*puntas*), étincelantes
dans sa large coiffure, faisaient songer aux étoiles par une nuit noire. Derrière elle, et sur un
pliant, se tenaient, d'un côté, la marquise de
Villombrosa, sa camerera-mayor, et de l'autre
l'ambassadrice de France. A ses pieds, et sur
un simple coussin, Blanche avec la jeune fille
du comte de los Balbases, toutes deux demoi-
selles d'honneur de la reine.

A la droite du roi, le comte-duc Olivarez,
premier ministre ; à sa gauche, le comte d'Orgaz
et don Zuniga, confesseur de sa Majesté.

L'affluence, nous l'avons dit, était énorme,
et c'était à grand'peine que les hallebardiers
du palais contenaient la foule du peuple dans
les barrières. Les oranges, les fleurs et les cas-

solettes embaumaient l'air; la clochette des
aguadores dominait seule le tumulte.

L'arène dévolue aux combattants était vide;
le grand écuyer du roi se tenait à cheval en dehors de la balustrade, pour la faire ouvrir aux
acteurs de la mascarade, car c'était d'une mascarade qu'il s'agissait.

Les *parejas*, objet de cette mascarade, qu'il
importe ici de définir, constituaient une sorte
de danse à cheval, imitée sans doute de ces
jeux troyens décrits dans le cinquième livre de
l'*Énéide*, et se ressentant aussi quelque peu des
tournois de la chevalerie mauresque.

Douze jeunes gentilshommes, tous parés d'a-
près l'ancien costume espagnol, devaient exécu-
ter sous les yeux du roi ces évolutions difficiles.

Tous se distinguaient alors autant par la
beauté de leurs habits que par celle de leurs
chevaux, presque tous de race et de couleur isa-

belle. Les divisions des quadrilles étaient marquées par les devises, les armes, les plumes, les
cocardes et les harnais des coursiers ; la solennité se terminait par le courre de la bague, placée à un immense poteau surmonté d'une tête
de Maure, sous l'estrade du roi et de la reine.

La pompe commença par une symphonie
d'instruments que le peuple couvrait de temps
à autre par le ronflement aigu des castagnettes ;
puis, sur un signe du roi, l'écuyer ouvrit la
barrière.

On vit alors apparaître l'essaim le plus brillant et le plus riche ; parmi ces seigneurs splen-
dides, c'était à qui rivaliserait ce jour-là de ma-
gnificence et de luxe.

Le duc de Medina Celi avait un cheval capa-
raçonné d'émeraudes et de rubis ; mais en revanche, l'aigrette de celui que montait Medina-
Sidonia était en pointe de diamants et de perles.
Medina de las Torres et le duc d'Altamira por-

taient tous deux des rondaches en pierreries; le
jeune duc d'Albuquerque avait un équipement
de cent mille écus. Des écuyers en habits de
gala agitaient derrière ces fastueux seigneurs
les pennons de leurs familles, tous armoriés et
cantonnés à la lettre d'or sur le velours ou la
soie. Les boucliers de Barcelone, les casques
d'Almazan et les morions de Calatayud étince-
laient dans l'arène. Le duc d'Albe enfin, arrivé
de la veille tout exprès de Valladolid, la fine
fleur de la Castille à cette époque, la ville à la
mode, la ville la plus chère, avait une écharpe
dont la seule agrafe lui coûtait un an de son
revenu.

Les devises choisies par ces divers combattants, pour cette cérémonie, occupaient alors la
foule. On remarquait celle du marquis de las
Fuentes : *Ver sin envidiar* *! celle de Medina

---

* Voir sans envier !

de las Torres : *Nunca sin honor* *! celle du duc
d'Albuquerque : *Todo por el Rey* **! si diffé-
rente de la devise du duc d'Altamira : *Mira a
mi bruna o rubia* ***!

Après avoir exécuté le premier quadrille aux
applaudissements de la multitude, les cavaliers
firent chacun le tour de la plaza, en abaissant
leur lance devant les balcons et les échafauds;
arrivés au bas de l'estrade de la cour, ils devaient faire décrire une courbette à leur cheval
avant de courir la bague.

Mêlés de nouveau aux figures difficiles et
compliquées de cette danse, ils faisaient encore
l'admiration des spectateurs, quand tous les regards se fixèrent sur celui d'entre eux qui semblait manier son cheval avec plus de dextérité.
Il portait un costume admirablement beau, et

* Jamais sans honneur !
** Tout pour le roi !
*** Regarde moi brune et blonde !

dont les broderies rayonnaient encore d'un éclat
plus vif sous les mille voltes qu'il faisait décrire
à sa monture. Au frontail de son cheval pen-
dait une perle aussi grosse au moins de poids et
de forme que celle attachée autour du cou de la
reine, et qu'on appelait *la peregrina*. Ses étriers,
sa selle et les banderolles de velours retombant
de la croupe de son cheval jusqu'à terre, étaient
semés en outre de pierreries, si bien que don
Luis de Gongora, l'un des poètes du roi, qui
arrivait en ce moment avec son ami Quevedo,
s'écria tout haut que c'était le soleil de la course
(*el sol de la corrida*), phrase de sonnet qui
courut bien vite tous les bancs.

A vrai dire, ce chevalier merveilleux méritait
certainement d'être peint par Velasquez. Son
air hardi, sa pose élégante et sa moustache fière
ne rencontraient que des envieux dans ce quadrille ; mais en revanche, c'était à qui cherche-
rait à le reconnaître dans cette foule sous la vi-

sière de son casque, surmonté d'une plume violette.

Cette couleur, nous l'avons dit, était pour la
reine sa couleur de prédilection.

— Le beau gentilhomme ! s'écria le comte-
duc Olivarez, il a mangé pour le moins trois du-
chés à se monter de la sorte !

— Voilà bien des juifs de Madrid intéressés
au tournoi ! dit ironiquement Quevedo.

— Ne serait-ce pas le fantôme du Cid ? demanda naïvement la petite duchesse d'Oropeza
d'un air effrayé.

— Si le roi n'était pas là, nous lui jetterions
ce bouquet de jasmin, de lis et de grenadilles !
reprit la marquise d'Alpujar.

— Et moi, si c'était mon neveu, je le déshé-
riterais à l'instant même, murmura le vieux
marquis de Leganez. Oublie-t-on donc ici qu'à
la mort du feu roi on n'a pas trouvé un sou
dans l'épargne ? Les affaires de Catalogne ne

sont pas si brillantes pour que Sa Majesté invente chaque jour quelque façon nouvelle de ruiner la grandesse !

— Nicolasito, dit alors le roi à son nain placé comme un levrier accroupi entre ses jambes, peux-tu lire d'ici la devise de ce compagnon? Les tournoiements de sa banderolle m'en empêchent. Va donc lui dire aussi de lever son casque, j'aime à croire que son visage ne dépare pas son train !

Le nain se glissa dans la foule avec l'agilité d'une couleuvre : il se redressait ou rampait suivant les groupes, lançant à ceux-ci un quolibet, à ceux-là faisant un obséquieux salut. Arrivé ainsi près de l'écuyer du roi, il monta hardiment sur la croupe du cheval de cet officier, et lut distinctement la devise du cavalier qui se 'enait alors près de la barrière. Cette devise portait : *Mis amores son reales !* (Mes amours sont royales !)

— Quel est l'audacieux qui se permet une telle devise? demanda le roi à son ministre, quand le nain lui eut rapporté la teneur de l'inscription.

En ce moment, le grand écuyer ayant enjoint au cavalier de lever sa visière, sur un signe du roi, il le fit, et l'on reconnut le comte de Villamediana.

Pour comprendre la colère amassée dans l'âme du roi à la vue d'une imprudence aussi inouie, il faut savoir que Philippe croyait non-seulement à l'absence du comte, mais que, malgré les insinuations perfides d'Olivarez et la couleur qu'il donnait à son départ, il ne pouvait songer un seul instant qu'il fût venu à l'esprit d'un gentilhomme d'entamer une lutte semblable avec son prince et son maître. En plaçant Nicolasito auprès du roi, le duc Olivarez, qui redoutait l'ascendant de jeunesse et de grâce que possédait Villamediana, avait dirigé ses batteries en homme expérimenté ; le duc était la tête, Nicolasito était le bras.

Et chaque jour ces deux persécuteurs acharnés inventaient, contre le comte absent et contre la reine surtout qu'Ollvarès haïssait, une nouvelle calomnie.

Cette fois il n'était pas besoin d'inventer, le roi voyait.

— *Mis amores son reales!* Que pensez-vous de ceci, Quevedo? dit-il à son poète qui se relevait alors après l'avoir salué ainsi qu'Isabelle.

La reine était pâle comme la cire, et Blanche venait de se rapprocher d'elle instinctivement.

L'interpellation du roi rendit quelque assurance à Quevedo.

— Je pense, Senor, répondit-il avec un calme apparent, je pense que le comte eût pu, ma foi, choisir une autre devise que celle-ci. Son oncle n'était-il pas directeur de la monnaie sous votre noble père Philippe III ?

— Cela est vrai, répondit le roi.

— Eh bien ! que dit la devise : *Mis amores
son reales !* Mes amours sont des réaux *.

Cette explication hardie ramena sur le front
de Philippe IV une apparence de sérénité ; il se
contenta de regarder froidement la reine. Suivant l'usage de ce carrousel où l'on finissait par
le courre de la bague, la reine devait l'offrir
elle-même au premier majordôme du palais qui
la passait au baguier du poteau. Isabelle se dé-
ganta. Elle ôta l'anneau de la course de sa main
tremblante : la bague valait mille écus de France et le juif Roboam l'avait ciselée à Tolède.

---

* Ce jeu de mots existe en effet en espagnol, et les historiens l'ont consacré en rapportant l'épisode. Quelques-uns
prétendent seulement que le comte portait des monnaies
peintes sur sa rondache avec cette devise : *Mis amores son ..*
et plusieurs points laissant le sens indéfini. Le bouffon du
roi ajouta, dit-on : *Reales !*

Et Philippe IV répondit :

— *Pués, yo de los hacero quartos !* (Bien, moi j'en ferai
des sous)! (*quartos*). Mais le double mot du roi voulait dire
aussi : Moi j'en ferai des quartiers ! (*quartos* s'employant
pour un criminel qu'on coupe en morceaux.)

Les trompettes sonnèrent et les cavaliers coururent. Tous avaient la lance en arrêt, le panache au vent, la main gauche appuyée sur le pommeau de la selle, tous passaient devant la reine comme autant de radieux météores. Le cœur d'Isabelle battait avec tant de force qu'elle craignit de se trahir et voulut même se lever, mais le roi la contint d'un geste si impérieux qu'elle poussa un cri faible.

En ce moment le comte passait sous l'estrade royale, emporté de toute la vitesse de son coursier, il retourna la tête pour saluer Isabelle, mais ce mouvement lui fit manquer la bague. Cependant il l'avait touchée.

Dès la seconde passe il l'enleva.

— Le comte vise bien, affecta de dire Olivarez à Philippe.

— Oui, mais il vise trop haut, répondit le roi.

Lorsque le vainqueur se fut présenté devant

l'estrade royale sa lance en main, les acclama-
tions et les murmures qui s'élevaient alors de
toutes parts empêchèrent d'entendre les paroles
qu'il balbutia devant le monarque. Écrasé lui-
même sous le poids de son audace et de son
triomphe, Villamediana semblait attendre plutôt de la bouche de Philippe IV un ordre de
bannissement perpétuel qu'un éloge. Quelle ne
fut pas sa stupeur, lorsque devant la reine et
toute la cour, devant Olivarez, son ennemi, et
ses envieux mêmes qu'il pouvait compter du
doigt, il entendit tomber du haut de l'estrade
ces paroles de Philippe IV :

— Comte de Villamediana, à ce soir ! C'est
nous qui paierons les frais de ce royal carrousel.
De ce jour, nous prétendons vous attacher à
notre personne. Adieu !

L'élève du comte-duc affecta en prononçant
ces mots une lenteur si pleine de bienveillance
et de majesté que la reine elle-même en fut dupe.

Isabelle de Bourbon s'appuyant au bras de Blanche regagna bientôt son carrosse, mais elle ne vit pas Philippe y froisser, en montant, le papier que lui passait le nain Nicolasito......

IX

Le caveau de l'Escurial.

Cependant il n'était question dans toute la ville que de l'élévation subite de ce héros d'un simple carrousel, et chacun interprétait cette royale faveur d'après son amitié ou sa haine pour le comte. Il avait, on le sait, plus de rivaux que d'amis sincères. Velasquez visitait alors l'Andalousie, et il ne devait plus même revenir à Madrid que dans un mois.

Aux vieux courtisans qui avaient l'air de lui
adresser alors des compliments de condoléance,
le ministre Olivarez, le favori de Philippe
jusqu'à ce jour, répondait avec une hypocrite
modestie :

— Il n'est pas étonnant que ce jeune homme
plaise au roi ; il a beaucoup d'aptitude et de
finesse pour les affaires. Mes ennemis ne disent-
ils pas que je me fais vieux? Sa Majesté ne pouvait, certes, faire un meilleur choix.

Les flatteurs du ministre étaient stupéfaits; se
résigner de la sorte à l'oubli, au revirement de
la fortune, à l'injustice même !

— Après tout, se disaient-ils, Villamediana
n'a pour lui que sa figure ! Comment s'expliquer cet aveuglement du roi pour un homme
qui ne saurait pas même lui donner un bon
conseil?

A l'époque où se passe ce récit, les plus grands
périls menaçaient en effet la monarchie espa-

gnole. La Catalogne, qui désirait s'élever en
république indépendante, était prête à recourir
au roi de France et à implorer sa protection
dans le cas où la révolte qu'elle méditait lui serait funeste. L'imprudente obstination du comte-duc la poussait seule à un soulèvement. Le
caractère impérieux d'Olivarez avait entraîné la
nation dans plusieurs guerres ; la fin de la trêve
avec la Hollande ramenait les hostilités. L'oc-
cupation de la Valteline par les armées espagnoles était devenue le prétexte de longs démê-
lés avec la France ; et l'Espagne, victime d'une
politique astucieuse, venait de voir s'élever déjà,
dans le royaume de Naples, des germes de ré-
volution. Vis-à-vis du comte-duc, son bâton de
commandement à la main, s'élevait, comme
contre-poids fatal à l'Espagne, un génie patient
et ferme, qui se contentait de souffler aux nations ennemies des conseils de résistance : en
regard d'Olivarez, il y avait Richelieu.

Certes ce parallèle est écrasant. Richelieu désirait prolonger en effet la guerre, et éludait
avec adresse toute proposition de paix ; Olivarez,
hardi, impétueux, personnel, essayait partout
de la violence et de la guerre. La perte du Portugal et les malheurs arrivés à l'Espagne pendant cette période fatale sont là pour répondre
de l'obstination d'Olivarez, obstination qui coûta
à l'Espagne le sang généreux de ses armées, et
qui attira sur elle les plus grands fléaux. La
tactique du ministre était de tenir le roi si en
éveil du côté des plaisirs, qu'il pouvait à peine
siéger au conseil et y traiter des intérêts de son
royaume. Tantôt il l'occupait avec les bâtiments
de l'Escurial à continuer; d'autres fois il lui
persuadait qu'il était poète et que ses vers va-
laient ceux de Calderon. La chasse, les comédies,
les tournois devenaient autant d'occasions et de
prétextes pour Olivarez, qui trouvait son compte
à l'indolence de Philippe. On peut juger d'après

cela de quel œil ce ministre si comblé, si fier,
si absolu, eût vu la fortune et l'élévation d'un
autre; renoncer à sa domination exclusive sur
l'esprit du jeune prince, eût été pour lui renoncer à la cour et aux moindres opérations du conseil. Ainsi que nous l'avons dit, Olivarez haïssait surtout la reine, il la haïssait instinctivement
comme pouvant usurper sa place dans le cœur
de Philippe IV, il la haïssait comme l'ange du
roi, lui, qui en était le démon.

Lorsque Philippe avait adressé au vainqueur
téméraire du dernier carrousel des paroles si
brillantes, Olivarez était placé derrière le monarque, et l'on eût dit que l'époux d'Isabelle
répétait une leçon. Le ministre ne paraissait jaloux en aucune façon du crédit naissant de ce
jeune homme.

Ce matin-là, il y avait foule dans l'antichambre du comte-duc, dont Gil-Blas lui-même nous
crayonna la figure. Olivarez tenait encore à la

main des ordres à expédier au comte de Santa-
Colonna, quand un jeune gentilhomme, vêtu
à la dernière mode du temps, vint le prévenir
que le roi comptait chasser à Aranjuez. Sa Majesté le priait de monter dans sa litière attelée
déjà de ses huit mules.

Le comte-duc se hâta de suivre le jeune
homme qu'on lui envoyait, c'était Luis de
Haro.

En arrivant, il trouva Philippe IV, le front
soucieux, l'air contraint, le roi avait commandé
une battue de sanglier pour le lendemain. Ses
équipages le précédaient déjà sur la route, il
montra à son ministre le coche de la reine qui
devait l'accompagner. Elle y figurait alors avec
Blanche et sa camarera-mayor ; à la portière ca-
racolait un écuyer monté sur un magnifique
cheval barbe. C'était le comte de Villamediana.

Les courtisans avaient tous leurs regards fixés
sur lui ; tous l'enviaient et l'admiraient à la fois ;

c'était le soleil levant dans tout son éclat, il ne rencontrait que des éloges et des sourires.

— Autrefois, dit Olivarez à l'oreille du roi, on enivrait de raisins les léopards qui devaient traîner le char des bacchantes, puis on les égorgeait ensuite sur les marches du temple. Que vous semble de l'ivresse de celui-ci ?

Villamediana parlait alors à Blanche en se tenant à cheval près du coche de la reine, mais tous ses regards étaient concentrés sur Isabelle de Bourbon; il paraissait plongé dans une contemplation douce et tendre, lorsqu'en se retournant il vit le roi qui donnait lui-même, avec son gant, le signal du départ. Philippe l'envisageait, pour la première fois peut-être, de l'œil d'un frère, d'un ami; le comte se crut en ce moment au troisième ciel. Il flatta de la main la crinière de son cheval et suivit la litière du roi, partagé ainsi entre ces deux triomphes :

l'amitié de Philippe et l'attention de sa souveraine.

Le cheval que montait le comte sortait des
écuries du palais et Olivarez l'avait prié, au
nom du roi, de l'essayer. Villamediana, une
fois en selle, s'en crut maître ; mais à quelques
lieues de Madrid, l'animal s'arrêta tout d'un
coup devant un ravin assez profond. Espérant
d'abord triompher de sa résistance, le comte
approcha vivement l'éperon de sa monture,
mais le cheval s'emporta ; sa fougue devint
telle que la reine et Blanche poussèrent un
cri.

En entendant ce cri, le roi, qui n'avait près
de lui qu'Olivarez et le nain Nicolasito dans sa
litière, voulut tirer les rideaux de sa voiture,
mais Olivarez rassura Philippe en lui disant que
le comte ne courait aucun danger...

Cependant, le cheval, les naseaux en feu, la
crinière au vent, et le poitrail blanc d'écume,

courait alors à travers champs avec une ef-
frayante rapidité. En ce moment peut-être le
le comte touchait à sa dernière heure, on ne le
voyait plus dans la plaine que comme un point
noir, lorsque d'un amas de poussière qui s'élevait à l'horizon, un cavalier de forme athlétique
parut se détacher et venir à son secours. C'était
le fils du marquis de Villa-Franca, général des
galères royales, qui revenait alors d'Ocana; il
opposa adroitement au cheval du comte la gueule
de sa carabine damasquinée et étendit l'animal
raide mort. Dans le même instant, le nain, plus
rapide que l'éclair, sauta à bas du carrosse, et,
sous le prétexte de visiter la selle du cheval, il
en retira subtilement les piquants imperceptibles
qu'il y avait mis...

Quand on releva le comte, il ne donnait lui-
même aucun signe de vie, le roi venait d'ordon-
ner qu'on le transportât dans sa litière.

La pâleur de la mort s'étendait comme un

voile sombre sur le front de Villamediana;
Olivarez observait cette pâleur avec une joie
mal déguisée. En ouvrant le pourpoint du
comte, Nicolasito en fit tomber une rose; le
roi la ramassa avec inquiétude, le ministre se
contenta de faire observer à Sa Majesté qu'un
jardinier de Valence était venu le matin apporter
des roses à la reine. En même temps il tira de sa
poche un paquet scellé : c'était le sonnet du
comte, et, dans la même feuille de ce sonnet,
la lettre ramassée par le nain sur Villamediana,
la nuit où il avait quitté son manteau dans le
chenil des nains.

Cette lettre, adressée par le comte à dona Fe-
liciana de Tavera, avait été écrite par la même
main que celle qui avait tracé le sonnet, et le
roi ne doutait plus.

Villamediana venait de rouvrir les yeux ; les
secousses de la litière lui arrachaient à peine de
faibles cris : en se retrouvant devant le roi, il

eut peur. Olivarez venait de se pencher à l'o-
reille de Philippe IV, qui semblait ne l'écouter
qu'avec répugnance. Le ministre remplissait
près de son maître le rôle de Narcisse près de
Néron.

— Chevalier de la Clé-d'Or, dit le roi en se
tournant alors vers l'infortuné comte, vous avez
couru un véritable péril... un péril auquel nul
de nous ne pouvait s'attendre, continua Philippe, — malgré le sourire horrible d'intelligence qu'Olivarez échangeait avec le nain ; —
mais, rassurez-vous, je ferai de ce jour mettre
le feu aux *cocheras* du palais, si elles n'ont pas
une voiture digne de vous être offerte ! En attendant, voici l'ordre de la Clé que je vous prie
de recevoir, et, avec lui, la promesse du duché
d'Evora que je vais rétablir pour vous.

La douleur qu'éprouvait le comte ne tarda
pas à se dissiper, et quelques jours après, il
pouvait assister à une comédie de Calderon,

donnée sur le théâtre du Retiro, et à laquelle on
avait convié les ambassadeurs de chaque puissance.

L'orgueil de Villamediana était au comble,
car il se trouvait dans la loge même de la reine,
à côté du duc Olivarez et du comte Orgaz. Dans
l'entr'acte, le ministre vint causer lui-même
avec le favori que le roi avait nommé la veille
commandeur de Calatrava.

— Savez-vous bien, comte, que vous n'êtes
qu'un étourdi ? Vous laissez traîner ou s'égarer
des lettres écrites pour la duchesse de Tavera,
notre amie..... Tenez, en voilà une que l'on a
rapportée au roi et qui était tombée de votre
cape, auprès du palais... Une autre fois, comte,
ayez plus de prudence, le mari de la duchesse
est soupçonneux !...

Villamediana remercia Olivarez, mais il ne
vit pas sans une secrète émotion l'horrible pâleur qui couvrait les traits d'Isabelle... La reine

devinait déjà le rôle que s'était prescrit le ministre et qu'il imposait par contre-coup à son
élève, elle entrevoyait à travers mille ombres
confuses son plan d'hypocrisie et de vengeance.
Chaque marque de distinction et de faveur que
recevait le malheureux comte était pour elle un
coup de poignard, chaque triomphe de sa vanité l'épouvantait. Jusque-là, cependant, ren-
fermée dans sa tristesse et sa frayeur, elle se
contentait de verser ses chagrins dans le sein de
Blanche, évitant de parler au comte, excepté
dans les occasions où le roi l'exigeait, et se ré-
fugiant dans la pratique des plus saintes vertus,
pour mieux se combattre elle-même. Au fond
de son cœur, elle aimait et plaignait Villamediana comme les femmes ont toujours aimé et
plaint les courages impétueux et romanesques;
il y avait des jours où le seul visage du comte
produisait sur elle l'effet d'un fantôme.

— S'il meurt par moi ou pour moi, pourrais-

je lui survivre? se demandait-elle avec angoisse.

Quand elle apprit de Blanche que le comte
avait dérobé une fleur de ce bouquet, et que
cette fleur était tombée entre les mains du roi,
elle trembla comme si elle se fût prêtée elle-
même à cette fantaisie qu'elle ignorait.

A la collation qui suivit le spectacle du Retiro, Villamediana se trouvait placé vis-à-vis
d'elle, lorsque tout d'un coup Blanche se pencha vers l'oreille de sa maîtresse, dont l'é-
tonnement surprit les convives. Le roi s'était
exempté de la collation, et il envoyait prévenir
la reine qu'il désirait lui parler.

Depuis trois semaines Philippe IV, que le
comte-duc ne quittait plus, n'avait pas franchi
le seuil de la porte de l'appartement de la princesse; ce rendez-vous subit auquel elle ne pouvait se soustraire, cachait-il un piège? La reine
brava le danger, et elle obéit aux ordres du roi.

Elle le trouva assis près de cette même fenêtre d'où elle avait pu voir quelques jours auparavant le comte à demi-mort de froid à la suite
de sa faction extravagante d'amoureux dans la
guérite du Diamant, Philippe gardait cet air
morne et profondément glacé dont témoignent
encore ses portraits, il tenait en main un plan
des derniers travaux qu'il venait de faire exécu-
ter à l'Escurial, et les regards fixés sur les lignes confuses qui le traversaient, il semblait
sourire lui-même à quelque pensée infernale et
sombre.

— Vous plairait-il, Madame, demanda-t-il à
la reine, de visiter demain ces caveaux où sont
déposés les corps de nos ancêtres et rois? Don
Pedro Zuniga, mon confesseur et le vôtre,
m'assurait hier que c'était là une œuvre méri-
toire. Le tombeau de mon père est achevé dans
le Panthéon funèbre de San-Lorenzo, ne vou-
drez-vous pas le voir?

— Je suis à vos ordres, Senor, répondit Isabelle d'une voix tremblante, et en cherchant à
lire sur le front de son mari la pensée qui pourrait couver en son cœur ; mais ce front était de
marbre, ses yeux ressemblaient à ceux d'une
statue, et quand le roi approcha ses lèvres de sa
main posée alors sur l'appui de la fenêtre, la
reine crut sentir un baiser aussi froid que celui
d'un spectre.

Le lendemain, à midi, le comte-duc Olivarez
et Philippe précédaient la reine dans la chapelle
de l'Escurial, Villamediana était à côté du roi.

— Ne trouvez-vous pas, comte, demanda
Olivarez au jeune homme, qu'on respire ici un
air de méfiance et de soupçon ? Sous ces voûtes
on ne saurait croire au dévouement ou à l'amitié, le vent qui passe sur les fleurs de ce jardin
est lui-même un vent de tombe. On m'a raconté
dans ma jeunesse que lorsqu'une des portes du
Panthéon souterrain se fermait sur vous, c'é-

tait un signe de malheur... D'autres prétendent qu'il revient des esprits dans ce noir caveau des rois où nous devons aller tous... Que pensez-vous de ces choses ?

— Que ce sont autant d'imaginations, monsieur le comte, répondit Villamediana hardiment ; si vous le voulez, j'y vais descendre avec vous et Sa Majesté.

— Vous me précéderez, reprit Philippe, obéissant au coup-d'œil que lui lança son ministre, vous donnerez devant moi la main à la reine.

— Quoi ! Senor, la reine voudrait pénétrer avec nous l'obscurité de ce temple où la mort a déjà fauché tant de têtes ? Songez-y bien, elle est du sang de France, et son père est mort assassiné !...

— La reine, continua froidement Olivarez, a exprimé hier au roi le désir de visiter elle-même avec nous ces tombes royales, où rien ne lui rappelle l'histoire de ses parents et de sa famille..., Vous allez la voir entendre l'office dans cette tribune, ne la dissuadez pas de suivre en ceci les conseils de don pedro Zuniga.

Isabelle de Bourbon ne tarda pas en effet à paraître, la nef était déserte et il n'y avait d'autres assistants que quelques officiers de la cour se tenant avec le roi dans la tribune basse placée près du mausolée de Philippe II et de ses trois femmes. La solennité du lieu était si profonde que la reine s'en trouva triste, les bronzes des statues du chœur ne résonnaient pas alors sous le frémissement des orgues, l'encens ne brûlait pas au milieu d'un peuple agenouillé, les figures de Charles-Quint et de Philippe II, exposées en regard l'une de l'autre au maître-autel, semblaient lancer à Isabelle un coup-d'œil sévère. Six hyéronimites chantaient seuls sur une mélodie plaintive l'office demandé par le ministre. Aucune tenture de deuil n'affligeait pourtant la vue, au dehors les oiseaux gazouillaient sur le buis et les jasmins.

Dans cette tribune, le comte se trouvait séparé de la reine par Philippe IV dont il frôlait le manteau, son visage nageait dans un rayon de lumière si pâle qu'Isabelle cette fois n'osa regarder celui qu'elle appelait son fantôme. En ouvrant son missel machinalement, elle tomba sur l'office des morts.

Pour Villamediana, il adressait alors au saint patron de la basilique les supplications ardentes d'un sujet fidèle et dévoué, car il descendait de nobles ancêtres, son blason était pur, et comme tous les jeunes cœurs qui rêvent la gloire, il espérait un jour se distinguer pour la cause de son roi. Son élévation soudaine et l'amitié que lui témoignait Philippe IV remplissait son âme de trouble et de joie. Il se voyait un jour premier ministre à la place d'Olivarez, l'ambition éteignait déjà dans son âme la passion et l'a-

mour. Hier encore, il n'était qu'un poète et un
rêveur, aujourd'hui sa main touchait un monde
réel et palpable! Le comte portait au doigt la
bague due au vainqueur du carrousel, et cette
bague avait été choisie par la reine. En revanche aussi il ne voyait pas sans terreur l'anneau
nuptial placé à l'index du roi.

— C'est lui qui est son maître, se disait-il, mais
ne parle-t-on pas dans Madrid de la tristesse de
ses fiançailles? N'a-t-il pas lui-même plus d'une
fois encouragé ma folie? C'est elle, c'est elle
seule qui me hait et qui me traite d'insensé! Et
pourtant hier, lorsque je passais au Prado, elle
a écarté les rideaux de sa voiture; hier encore
Blanche m'a assuré avoir vu des larmes dans ses
yeux! Énigme de vie ou de mort, je veux te
sonder; je dois l'interroger, elle qui persiste à
se taire! Dieu m'est témoin que je donnerais
ma vie pour cette femme; mais Dieu m'est té-

moin aussi que sa froideur ou son mépris me
tueraient !

Villamediana était une sorte de Don Juan sans
croyance et sans amour jusqu'à cette heure;
mais cette passion, si folle qu'elle fût, avait fait
de lui un autre homme : il priait, il souffrait,
et plus d'une fois durant cette pieuse solennité
ses yeux se mouillèrent de larmes. De son côté,
la reine n'eût pas demandé avec plus de ferveur
à Dieu la guérison d'un malade qu'elle n'en mit
à l'implorer pour le comte. L'office terminé, six
moines portant des flambeaux se présentèrent à
la porte de la tribune...

Cette vue ramena dans l'âme d'Isabelle une
sombre et sainte terreur, mais elle avait promis
au roi et elle rougit de trembler. Vingt-cinq
degrés de marbre à descendre se présentaient
devant elle pour aborder ce caveau circulaire
des rois d'Espagne qu'on appelle le Panthéon;
elle prit résolument la main de Blanche, et,

surmontant sa répugnance naturelle, elle suivit
les six hyéronimites qui la précédaient.

Derrière eux marchait le comte. qui se trouvait ainsi premier courtisan en tête du royal
cortège, puis la reine et Blanche, puis Phi·
lippe IV et le comte-duc Olivarez. Ces derniers
causaient entre eux à voix basse en descendant
l'escalier.

Pour la première fois peut-être Isabelle se
souvint alors des sinistres histoires qui cou-
raient à Madrid sur le *podridero,* ce lieu où l'on
déposait d'abord le cadavre des rois d'Espagne,
et qui ne les rendait aux sépulcres de porphyre
du Panthéon que dans l'état de squelette complet. Un conduit d'eau perpendiculaire tombait
en effet sur le corps et en détachait peu à peu
la chair; leurs ossements seuls reposaient dans
les cénotaphes.

Quand la reine entra, une seule lampe éclairait la rotonde funèbre d'un reflet hideux, sé-

pulcral ; les visiteurs eux-mêmes osaient à peine
respirer, émus sans doute devant ce conclave
imposant de rois et de reines. Six cercueils
étaient scellés, ceux de Charles-Quint, de Philippe II et de Philippe III, faisant face aux
reines Isabelle, femme de Charles-Quint, Anne *
et Marguerite d'Autriche **. Deux autres cénotaphes attendaient en ce lieu, la pierre levée,
que la mort vint les remplir : c'étaient ceux
d'Isabelle de Bourbon et de Philippe IV...

Ce dernier prince avait achevé cette voûte
souterraine, incrustée des plus beaux marbres.
Il ne témoigna en la voyant qu'un recueille-
ment assez ordinaire, mais en revanche le comte
pensa défaillir en lisant le nom d'*Isabel de Bor-
bon* incrusté déjà en lettres d'or sur la pierre.
Le froid qui tombait de ce dôme était glacé ; à
travers les soupiraux qui l'éclairaient, on voyait

---

* La quatrième femme de Philippe II.
** Femme unique de Philippe III.

tourbillonner les feuilles sèches du jardin ; le
vent balayait le sable des allées contre les vitres
avec un murmure plaintif. Les torches ne tardè-
rent pas à s'éteindre sous les raffales de ce vent,
car, — par imprudence sans doute, — un carreau de l'une de ces vitrines élevées était ouvert. Tout d'un coup la reine poussa un cri : la
porte du caveau se trouva fermée subitement,
et l'on entendait le bruit des pas se perdant
dans la hauteur de l'escalier.

— Mon Dieu ! s'écria-t-elle, on m'a enfermée
ici, j'ai peur !

En se retournant, et sous un rayon blafard
du soupirail, elle vit le comte assis sur l'une des
marches de l'autel.

— Vous ici, demanda-t-elle égarée par la terreur et l'angoisse. Sauvez-moi, comte, sauvez-
moi !

Mais le comte avait déjà vainement frappé
aux portes de marbre avec le pommeau de son

épée, vainement il avait crié, l'écho du souterrain répondait seul à sa voix. Il essuyait de sa
main la sueur glacée qui couvrait alors son
front.

— Que veut dire ceci? continua la reine, et
quels sont les auteurs de ce détestable piège ?

— Je l'ignore, Madame, répondit Villamediana cherchant à reprendre lui-même quelqu'assurance.

— Seigneur comte, murmura-t-elle, vou-
drait-on tuer ici quelqu'un, — vous ou moi?

En parlant ainsi, la reine étendait devant
Villamediana ses mains défaillantes, le comte
la regardait comme un homme que la foudre
aurait frappé. Il essaya vainement d'ébranler
de ses mains robustes la porte de marbre ; il
retomba sans force sur la première marche de
l'escalier.

— Est-ce bien vous, Senor, demanda la reine
avec une singulière expression de mépris et de

hauteur, qui osez vous jouer ici de tout ce qu'il
y a de terrible et de sacré? Si c'est vous, noble
comte, hâtez-vous de mettre fin à cette barbare comédie. Nous sommes ici tous les deux
seuls et face à face devant un autel, comte de
Villamediana, devant cet autel, dois-je donc
vous croire un lâche?

A ce dernier mot, le comte avait senti dans
son âme une douleur plus froide que celle d'une
blessure. Il releva la tête fièrement, et posant
sa main sur le marbre de l'autel :

— Le ciel m'est témoin, dit-il, que l'impos-
ture et la fraude n'ont jamais souillé mes lèvres.
J'ignore à quel ténébreux hasard il faut attribuer cette réclusion inattendue; mais quoi qu'il
arrive, Madame, soit que ces portes se rouvrent
pour nous, soit qu'elles nous emprisonnent à
tout jamais, l'homme qui vous parle ici eût re-
culé à la seule idée d'alarmer un instant sa
reine. Celui qui vous aime peut se laisser en-

traîner vers des rêves impossibles ; vers une
bassesse, jamais.

— Malheureuse ! oh ! malheureuse que je
suis, murmura-t-elle, se venger sur moi, sur
une femme ! Qui donc a osé cela ? C'est un châtiment que ceci, Senor comte, n'en doutez pas.
Le roi, oui, le roi, que vous n'avez pas craint
d'offenser... Il faut, reprit-elle, que vous soyez
bien insensé et bien aveugle pour ne point savoir qu'il y a des hommes que le soupçon blesse
encore plus que l'outrage, des âmes hautaines,
égoïstes qui, soulevant les voiles de notre pensée, nous accusent parce qu'il leur plaît d'accuser ! Imprudent jeune homme qui, ne vous défiant de rien, courez au-devant de la colère de
Philippe, courtisan oublieux qui savez pourtant ce que signifie cette accusation vraie ou
fausse portée devant le tribunal qui juge ici les
consciences en dernier ressort : « CET HOMME
A OSÉ TOUCHER A LA REINE ! » Encore une fois,

Villamediana, vous êtes perdu, perdu par vous
seul, entendez-vous! Mais moi, pauvre femme,
qui vous prenais en pitié, qui me reposais de
votre guérison sur Dieu et sur moi, vous m'a-
vez perdue aussi!

En prononçant ces mots d'une voix entre-
coupée par la douleur et les larmes, Isabelle attachait des yeux hagards sur le sépulcre qui semblait l'attendre, pendant que le comte frappait
vainement à tous les angles du caveau.

— Et rien! pas même une torche pour éclai-
rer ici notre agonie! Rien que la lueur pâle qui
tombe sur nos têtes à travers ces barreaux!
Cette fenêtre est ouverte, et l'on ne paraît pas
avoir entendu nos cris! Seigneur comte, vous
avez encore en main votre livre de prières, com-
mençons tous deux l'office des morts!

Elle venait de ramener sur elle son long voile
blanc; on eût dit d'une reine dans son linceul.

— Mais la mort ne vous effraie donc pas? demanda-t-elle au comte en faisant un pas vers lui. Villamediana démeurait debout et immobile. Il y avait alors dans toute sa personne quelque chose d'étrange et de surnaturel, cette fois-là surtout, la reine crut voir son fantôme.

— Eh quoi! continua-t-elle, vous ne regrettez rien sur la terre, rien de ce ciel limpide que nous pouvions tous deux voir hier, rien de votre vie heureuse et brillante, rien de l'amitié, rien de la famille? Vous, gentilhomme, vous, noble, vous allez consentir à mourir ainsi! Comte de Villamediana, puisque ces murailles étouffent les cris, puisque nous voici condamnés tous deux à expirer dans ce caveau, pitié pour moi, je vous en conjure, Senor; pitié pour votre reine, abrégez son supplice, tirez ce glaive, frappez-la!

Et la reine indiquait au comte l'endroit qu'il devait percer; elle le priait, elle le conjurait de

lui épargner l'horreur d'une mort affreuse et
lente.

— Cela fait, reprenait-elle, vous vous age-
nouillerez devant Dieu, comte de Villamediana,
et vous lui demanderez pardon de m'avoir
évité tant de tortures par un meurtre. Vous me
replacerez ensuite au lieu qui m'attend... là...
dans ce cercueil vide où mon nom se trouve
gravé à l'avance en lettres d'or. Quant à vous...
je ne sais ce qu'ils trament contre votre personne; mais à l'air d'Oliyarez, mon ennemi et le
vôtre, vous ne pouvez longtemps languir dans
ce caveau; il fera de vous, Senor, ce qu'il a
fait du noble duc d'Osuna, renfermé, malgré
son innocence et ses services, dans la forteresse
d'Alameda!

— Et que m'importe, Madame, le sort que
me réservent l'injustice et la méchanceté des
hommes? Je vous parle ici, je vous vois, je
vous écoute; oh! je vous admire, Madame;

oui, vous êtes bien reine, car vous dominez encore, ici, dans ce lieu où cesse toute puissance !
Mais attenter ici à la vie de ma souveraine,
trancher des jours dont l'Espagne me deman-
derait compte, et me faire votre bourreau,
quand je voudrais racheter votre existence au
prix de mon sang ! Que vous ai-je fait, Madame,
pour que vous preniez plaisir à torturer de la
sorte un serviteur pur et fidèle ? que vous ai-je
fait pour qu'en disant adieu à la vie, vous
n'ayez pas même pour moi une larme de compassion et de regret ?

Villamediana laissait percer alors tant d'abat-
tement et de douleur, sa parole était si triste,
si désespérée et si calme en même temps, que
la reine en eut pitié.

— Seigneur comte, reprit-elle, puisque le
sort nous condamne, eh bien ! nous mourrons
tous deux ! Dès ma venue dans le monde, la
mort m'a présenté son visage inexorable ; hé-

las ! j'avais cinq ans lorsqu'on m'amena au Louvre devant un cadavre. Ce cadavre était celui de mon père, de mon père assassiné par un misérable Français du nom de Ravaillac ; mon frère Louis et moi nous baisâmes sa main, puis on nous fit retirer. A dater de ce jour, la mort n'a rien qui m'effraie.

— Mourir ! Madame, mourir ! vous si noble et si belle ! répéta l'infortuné. Mourir ! quand l'Espagne rampe à vos genoux ; mourir ! quand vous êtes reine !

— Et c'est pour cela que je veux mourir, reprit à son tour Isabelle. Oui, comte de Villamediana, le ver se cache sous la pourpre ; oui, la tristesse et la douleur entourent la couronne royale d'épines longues et sanglantes. Une reine, noble comte, une reine, mais c'est déjà une condamnée, rien ne lui appartient, ni sa vie, ni son avenir, ni sa puissance ! C'est une statue de marbre, un fantôme, un diamant ; mais la

statue éclate, le fantôme s'efface et le diamant
se ternit sous le vent brûlant d'un auto-da-fé.
La reine d'Espagne! mais c'est une pauvre
jeune fille qui envie la tour de Ségovie pour ca-
chot, les ombres du cloître pour refuge, la
serge de la paysanne pour habit, le contreban-
dier pour maître! Le comte Olivarez ne par-
donnera jamais à Richelieu d'avoir amené une
Française sur le trône d'Espagne. Voilà tout
mon crime, noble Comte; voilà pourquoi de
mon lit de noces il voudrait me faire passer ici
à ce lit de marbre dont je vais franchir le degré.
Et cependant, oui, cela est vrai, je meurs avec
des larmes dans les yeux, je meurs malheureuse, parce que je meurs méconnue. Excepté
cette jeune fille qui demeure près de moi, excepté Blanche, naïve et pauvre enfant, nul n'aura
pu savoir ce qu'était la reine Isabelle! Je laisse
derrière moi le mensonge et la calomnie.

— Pouvez-vous le croire, Madame, pouvez-

vous songer que votre vie entière ne vous défend
pas!.. Si mes cris, ô reine ! n'ont pas le pouvoir
de percer ces froides voûtes, si ma voix se brise
contre ces murs, si mon bras, mon épée ne sont
ici que des mots au lieu d'être une défense, la
voix, les cris et les bras de tout ce peuple,
comblé des bontés de sa souveraine, ne vien-
dront-ils pas vous arracher de ce lieu? Vous
êtes pure et noble comme ces lis dont vous sor-
tez. Mais moi, Madame, moi qui vous ai valu
tous ces malheurs, que suis-je? mon Dieu !
que suis-je? sinon un malheureux, un insensé
que vous devez écraser de votre colère? Punissez-moi, Reine, punissez-moi d'avoir osé regarder votre ciel du sein de mon enfer, punissez-moi, moi le réprouvé de Madrid, d'avoir
admiré cette beauté qui fait de vos yeux le limpide miroir de votre âme ! Oui, je suis coupable,
je le sais, je m'accuse d'avoir invoqué souvent
l'ombre flottante que je voyais passer dans mes

nuits, l'étoile constante qui dardait sur moi ses rayons charmants et doux! Oui, je vous aimais, je vous aime encore... Et qui pourrait, ici, me le reprocher? s'écria le comte avec l'entraînement que le désespoir seul peut donner, ne sommes-nous pas ici dans un autre monde, Madame, et n'avons-nous pas conquis le droit de nous dire, tous deux, notre pensée?

— Oui, reprit la reine, nous sommes dans la nuit du tombeau; oui, vous pouvez parler, Villamediana, mais ces ombres nous écoutent. Touchez ce marbre que voici, continua-t-elle d'une voix sourde et avec un accent de solennelle frayeur, c'est la tombe de la fille de Henri II, la tombe d'Élisabeth de Valois qu'empoisonna son mari, qui fut aussi le meurtrier de son fils don Carlos; — frappez à ces autres cénotaphes de reine, et demandez-leur quelle est la punition des épouses coupables? Toutes vous répondront qu'avant la mort elle-même,

cette mort qui fauche tout,—c'est la conscience,
ce temple intime et sacré!... Je meurs, noble
Comte, mais je meurs innocente; je meurs,
mais mon père m'attend là-haut! Je suis à
votre me. , je le sais, mais vous êtes gentilhomme, vous respecterez la reine. Et maintenant, Comte, puisque vous ne voulez pas trancher mes jours, donnez-moi du moins cette
épée!...

La reine s'était précipitée sur le glaive de Villamediana, elle se préparait à le lui arracher,
quand le comte crut voir dans l'angle même
de l'autel une figure étrange, satanique, dont
l'œil inquisiteur le regardait, et qu'il prit d'a-
bord pour une des cariatides de l'autel, à voir
sa froide immobilité. Mais en marchant vers
elle, après avoir écarté la reine par un geste
doux et résolu à la fois, il poussa un cri et tira
soudainement son épée.

— Ange ou démon ! dit-il en s'adressant au spectre accroupi, lève-toi !

Tous deux virent alors une forme humaine se mouvoir dans l'ombre, puis essayer bientôt quelques pas chancelants vers le seul rayon de lumière qui décrivit sa bande lumineuse sur le pavé de marbre du Panthéon. Ce fantôme bizarre tomba à genoux quand le comte brandit son épée...

— Nicolasito ! s'écria la reine.

— Nicolasito ! reprit Villamediana.

C'était bien le nain, le nain tout confus et tremblant d'être surpris, le nain dont la langue semblait alors collée au palais, mais dont les yeux pétillaient d'une joie farouche et concentrée.

— Comment te trouves-tu comme nous renfermé ici, réponds !

— Senor, je ne sais... mais ce qu'il y a de sûr, c'est que l'on m'y a oublié comme vous...

répondit-il avec une terreur affectée..... On a voulu sans doute que la reine gardât un serviteur.

— Un serviteur tel que toi... reprit Isabelle avec mépris... un espion veux-tu dire !.. Tu n'aimes que le mal, Nicolasito.

— Je sais que la cour récompense mal les services, repartit le nain; cependant en quoi aurais-je pu déplaire à Sa Majesté ?

Il prononça ces paroles avec un accent profond de douleur, et baisa les marches de l'autel en attestant le ciel de son innocence. En ce moment le jour devenait plus rare et plus terne, une pluie froide commençait à tomber à travers le seul carreau de cette fenêtre treillissée qui se trouvait élevée de vingt pieds au-dessus du sol. Escalader ce lieu semblait chose impossible, car le dessous de la vitrine formait une immense plaque de marbre, un corps lisse et froid sur lequel on devait glisser.

. — Nicolasito, reprit le comte, tu vois ce collier, il est à toi si tu cries par cette fenêtre.

— Inutile, Senor, on n'entendrait pas nos cris, cette fenêtre élevée donne sur le jardin et le roi doit être dans les appartements de l'Escurial. D'ailleurs, comment y monter ?

— Monte et obéis, te dis-je.

— Senor...

— Aimes-tu mieux que je te perce ici de mon épée? Tu hésites bien à sauver ta reine! prends garde.

— Senor... continua d'objecter le nain...

— Misérable! reprit le comte. Et n'écoutant que sa rage, il le frappa du pommeau de son épée.

— Eh bien! fit alors Nicolasito, je monterai... mais vous me ferez la courte échelle... continua-t-il avec un amer sourire, nous devons nous entr'aider, comte de Villamediana, car ici nous sommes égaux !

Sans s'arrêter à cette insolente apostrophe du nain, le comte approcha son épaule du mur, et Nicolasito posa son pied hideux sur le satin du courtisan... Il éprouvait sans doute une joie secrète à se servir ainsi de ce vivant marche-pied, car il le fit attendre quelques secondes avant de prendre son élan ; puis comme l'eût fait un chat sauvage, il se cramponna avec tant d'agilité et de souplesse à quelques clous fichés dans le mur pour en soutenir les draperies noires aux jours de solennité, qu'il arriva enfin les mains en sang, les genoux meurtris et la lèvre blanche d'écume au seul carreau ouvert de cette fenêtre. Saisissant alors un des barreaux, il le secoua à le briser en s'écriant :

— Sauvez la reine ! qui que vous soyez, sauvez-la !

L'épée nue, le regard voilé d'effroi, le comte attendait en bas ;..... pour la reine, elle priait alors devant le tabernacle de jaspe et de porphyre qui ornait le maître-autel.

Aux cris furieux du nain, dont le pied eût rencontré en tombant la pointe du glaive que tenait le comte, la porte du caveau s'ébranla sur ses gonds, plusieurs moines parurent, et la lueur des torches inonda ce lieu funèbre.

Pendant que la reine, ainsi que le comte, rendus à la lumière et à la vie, sortaient de ces limbes terribles, le nain se glissa entre les moines avec sa légèreté ordinaire ; il monta l'escalier et courut prévenir Olivarez, qui l'attendait, du mauvais succès de sa mission.

X

Un Favori.

L'impression étrange produite par la scène
que nous venons de raconter, était certes,
de nature à ébranler un esprit moins ferme
que celui de Villamediana ; mais soit qu'Olivarez eût affecté d'entendre avec surprise devant
le roi le récit d'un pareil événement, soit que le
comte s'accusât lui-même de céder à des sentiments pusillanimes, il ne tarda pas à s'étourdir

1. 13

peu à peu sur une pareille vision, et à reprendre les fers de cet esclavage doré dans lesquels le maintenait la haine du ministre.

Chaque jour le comte avançait d'un pas si rapide dans l'amitié de Philippe, que les moins clairvoyants devaient s'étonner, en songeant surtout aux actes nombreux de folie que l'on reprochait à Villamediana.

Impétueux à l'excès, il avait un jour demandé à Philippe la permission de combattre un tigre que le roi d'Angleterre avait envoyé à la *casa de fieras* de Madrid, et qui avait déjà failli deux fois égorger son gardien ; Villamediana était entré dans sa cage, devant la reine, il était vêtu d'une armure damasquinée, et les ongles du terrible animal avaient rayé la cuirasse du comte.

Une autre fois il avait égrené, sur les dalles de l'église d'Atocha, le collier de pierreries qu'il portait au cou, parce que la reine venait

de faire ses dévotions dans ce temple. Les men-
diants de Madrid s'étaient précipités sur ce riche butin, et le roi s'était borné le soir à plai-
santer le comte sur ce qu'il nommait ses larges-
ses catholiques.

Pour le tableau de la reine, peinte en Diane
chasseresse, il l'avait couvert un jour de dou-
blons et de ducats dans son palais, devant l'ambassadeur de France, s'écriant que si le roi
Louis XIII voulait lui acheter le portrait de sa
sœur, il fallait qu'il le couvrît d'une somme
trois fois plus forte.

Cependant les avis secrets étaient loin de lui
manquer, et ses meilleurs amis cherchaient à
le prévenir des dangers qu'enfantait son imprudence. Il y avait même des gens qui ne s'as-
treignaient pas à l'anonyme envers lui.

Une fois il reçut un billet de don Pedro de
Zuniga, qui l'avertissait de se tenir sur ses gardes. Le soir même il fut au Prado, et comme la

reine venait de rentrer à son palais, un de ces
fanfarons de cape et d'épée qui font en Espagne métier de tuer les autres, vint à lui d'un
air résolu, et lui demanda comment il se faisait
qu'un seigneur au collet ouvert et amidonné,
comme lui, aux gants sentant l'œillet et l'hélio-
trope, au chapeau à l'aile relevée et aux ongles
taillés comme un cure-dent, pouvait marcher
dans Madrid sans un *valiente* pour domestique?
La coutume de ces *valientes,* l'équivalent des
bravi de Naples, était alors assez répandue en
Castille, et on en trouvait qui entraient au service d'un galant homme pour un pâté de deux
réaux sortant du four.

Villamediana toisa l'homme qui lui parlait.
C'était un grand reître aux cheveux ausssi clair-
semés que des *colonarias* * dans la bourse d'un
aguador, il avait une moustache qui semblait
menacer le ciel, une bouche ouverte en coup de

* Monnaie d'argent.

sabre, des chausses recousues en vingt en-
droits, des bottines servant d'écluses aux ruisseaux, et une cape qui, à force de morceaux,
ressemblait à un parterre de fleurs.

— Tu as bien de la boue sur ton manteau,
dit le comte à l'homme d'un air goguenard.

— De quelle année la voulez-vous, Senor ?
répondit le stoïque aventurier.

La réponse fit rire le comte, et il lui donna
deux piastres.

— Avec cela, lui dit-il, tu pourras t'habiller
ou te brosser à ton aise... Je te donnerai une
lettre à la fin de te recommander à quelque
seigneur poltron de Madrid pour qui tu auras
du courage à tant par jour.

— Du courage! reprit le *valiente*, à quoi sert-
il contre le couteau? Vous, par exemple, monseigneur, vous avez là votre rapière et un poignard, qu'en faites-vous, quand vous lez le
soir courir les aventures?

— Je veux bien te le dire. Avec ma rapière, répondit le comte, en la tirant du fourreau, je me plais à faire voler sur le pavé de la rue des étincelles qui m'amusent ; avec mon poignard passé dans ma ceinture, et lancé sur un balcon, je me brode vite une échelle pour monter chez une belle... C'est peu meurtrier, mais c'est utile, voilà.

— Et si l'on vous attirait dans quelque bonne embuscade ?

— Je mettrais alors ma rapière dans cette main, mon poignard dans cette autre, et je défierais un *valiente*, fut-ce toi, de gagner ce soir-là l'argent qu'on lui a promis pour me tuer !

— Monseigneur, répondit l'homme, il y a à Madrid des escrimeurs bien habiles. Cette estafilade que vous me voyez, je l'ai reçue au visage en me défendant l'autre jour fort loyalement sur la route de Caramanchel. Une feinte par le quart de cercle m'a valu cela, mais si vous voulez accepter ce petit livre du fameux Jose Campahillo, le premier maître d'armes de Madrid... Mon père, don Jose Lupar, son ami, assure qu'il indique le moyen de parer toutes les bottes...

— Voici de quoi faire ressemeler les tiennes, dit le comte en ajoutant quelques pièces à ce qu'il avait déjà donné au *valiente*, mais c'est à condition que tu n'entreras jamais à mon service. Le comte de Villamediana fait ses affaires lui-même.

Rentré chez lui, Villamediana avait ouvert machinalement le livret de l'homme, il portait pour suscription : « *Au comte de Villamediana, que l'on doit assassiner.* »

Comme tous les hommes énergiques et courageux, le comte méprisait ces avertissements. Mieux que tout autre, il n'ignorait pas le nombre de ses aventures légères, le père de la duchesse de Tavera l'avait menacé plus d'une fois, mais la duchesse se trouvait alors, avec sa famille, en Portugal. Un jour il reçut une cuirasse avec ces mots : *Salvaguardia de un loco* (sauve-garde d'un fou), il la prit et il la donna à un homme de la garde wallone qui passait alors par la rue.

La reine elle seule était loin d'approuver cette confiance présomptueuse ; vainement les titres et les distinctions pleuvaient sur le comte, elle eût voulu plutôt le savoir en disgrâce qu'en bonne odeur à la cour, la scène des caveaux de l'Escurial ne l'avait que trop avertie des noirs desseins d'Olivarez. Ce ministre prenait un barbare plaisir à la tourmenter de mille contes : un jour il lui annonça que le comte se mariait.

La joie toute simple que semblait éprouver la reine de cette nouvelle, fut tournée en défaveur par le monarque, qui assistait à cette scène, il lui reprocha, en termes durs, amers, de sou-

haiter le malheur de quelque rivale. L'injustice
d'un tel soupçon blessa au vif l'orgueil d'Isabelle, qui se contenta de répondre au roi, devant son ministre, auquel il obéissait aveuglé-
ment :

— Sire, je n'ai jamais souhaité le malheur
de la duchesse de Tavera !

Philippe IV passait pour avoir rendu des
soins à cette dame du palais. L'humeur soup-
çonneuse et vindicative du prince s'était accrue
non-seulement de la haine d'Olivarez, mais encore de l'enchaînement inopiné des revers qui
pesaient alors sur l'Espagne ; les troubles de
Catalogne devenaient plus menaçants de jour en
jour. Olivarez, qui avait fait passer peu à peu
dans le cœur du roi une partie de ses idées, ne
cessait d'attribuer à la seule présence d'une
Française sur le trône de Castille les malheurs
que son obstination seule avait valus à l'Etat.
Un dernier trait envenima chez lui ces disposi-

tions, la reine avait parlé hautement d'une disgrâce... Olivarez pâlit en voyant avec quelle
promptitude le comte de Villamediana enrôlait
ses propres ennemis et les attachait à sa fortune croissante; le roi, d'après ses conseils,
l'avait fait d'abord chevalier de San'Yago, puis
commandeur d'Ocana; il parlait de lui confier
bientôt la lieutenance de la garde allemande,
d'acquitter toutes ses dettes et de l'élever au degré de faveur que Roderic Calderon avait eu
sous Philippe III. Ses bagues, ses chevaux, ses
meubles étaient magnifiques, le comte osait rêver le gouvernement de Palencia. Olivarez, il
est vrai, se reposait assez de la chute du favori
sur la vengeance et la jalousie raffinée de Philippe; mais cette comédie, dont le ministre et
le roi tenaient les fils, pouvait être ruinée par
quelque révolte, le comte-duc ne comprenait
que trop bien qu'il jouait, ainsi que son maître,
un jeu imprudent. Ce matin-là il se trouvait

dans le cabinet royal où se succédaient, heure par heure, les courriers dépêchés au ministre par les autorités de Catalogne.

— J'admire Olivarez, dit Philippe, en voyant l'activité que déployait le comte-duc, mais il n'en faudra pas moins qu'il assiste ce soir à notre fête du Retiro...

— C'est bien mon projet, répondit le ministre, le comte de Villamediana en a tracé lui-même le dessein, et le bal sera digne du maître nouveau des cérémonies... Il ouvrira la danse avec la reine en grand habit de gala, assure-t-on.

— Comment? que dites-vous? le comte? Je croyais qu'après ce que vous m'aviez raconté de la scène de l'Escurial...

— Je l'espérais comme Sa Majesté, reprit Olivarez en mettant bas le masque devant son prince, mais le plan a manqué, le nain a eu peur de l'épée de Villamediana... La frayeur le dominait tellement qu'il pouvait à peine par-

ler... Quand on lui a mis la main sur l'Evangile
pour qu'il eût à déposer de la vérité, il a pâli,
et s'est contenté de dire que la reine avait voulu
se percer le sein avec le fer de ce comte mau-
dit..... L'inquisiteur général n'a rien à faire en
ceci, et les espions que j'emploie chaque jour à
traquer notre ennemi ne me rapportent que de
vagues renseignements... Le bal va sans doute
nous mettre sur la trace de quelque nouvelle
imprudence... Sa Majesté peut compter sur ma
surveillance la plus rigoureuse.

Le faiseur de masques du roi * gratta en
ce moment à l'une des portières, un page l'annonça, il venait apporter au roi plusieurs *mas-
caras* de satin étalés sur un coussin de bro-
card. Philippe en prit un entouré d'un fil d'or,
mais l'ouvrier objecta qu'il venait d'être choisi
par le comte de Villamediana.

---

* Louis XIV en avait un pareillement ; ses appointements
sont portés à douze cents livres dans l'État de France.

— Toujours le comte! murmura Philippe.
Et quand a-t-il fait ce beau choix?

— Tout à l'heure, Senor, et lorsque le comte
descendait la rue de la Montera, où il venait de
saluer, à sa porte même, une noble et belle
dame, la marquise de Tavera, qui est de retour
depuis hier.....

— De retour depuis hier, as-tu dit, elle arrive de Portugal?

— De Lisbonne, Senor, et elle compte passer
toute la saison à Madrid; elle a daigné m'a-
cheter pour ce soir un masque rose, c'est juste
la couleur que sa majesté, notre gracieuse
reine, me demande aussi.

— La marquise de Tavera et la reine ont le
même masque, pensa Philippe... Écoute, reprit le roi en s'adressant à l'ouvrier, donne-
moi le même masque que le comte de Villamediana.

Dès que cet homme fut sorti, Philippe se

contenta de sonner; à ce signal Nicolasito parut.

— Tu me réponds ce soir de ce qui se passera dans le bal, Nicolasito, dit le roi après lui avoir parlé à l'oreille quelques secondes. J'entrerai au bal avec le comte, nous aurons les mêmes masques, mais tu me reconnaîtras à ce gant brodé que je tiendrai dans ma main.

— Il suffit, Senor, j'obéirai.

Le même soir, en effet, au moment où le roi entrait dans le bal, appuyé sur l'épaule de Villamediana, le nain tira le prince par le pan de son manteau, et le pria de le suivre. Villamediana bénit Nicolasito, qui lui fournissait ainsi l'occasion d'aborder cette fois la reine sans contrainte.

A cette fête, Isabelle de Bourbon resplendissait de fraîcheur et de beauté. En la voyant, ou plutôt en la devinant, car la reine était masquée, Villamediana se sentit ramené, à son insu, dans un cercle de pensées mélancoliques.

La jeunesse de cette fille de France, sa grâce, sa bonté perçait dans ses moindres gestes, il sembla au comte qu'elle aussi l'avait reconnu sous le velours de son masque, et il s'attacha comme un fantôme aux pas de cette fée royale qu'accompagnait alors la marquise de Tavera, qui portait le même cachelet de satin rose que la reine.

A vrai dire, la marquise ne voyait alors qu'avec dépit le visage de son ancien *cortejo*, non-seulement Villamediana n'avait pas semblé faire le matin grande attention à elle, mais le roi d'Espagne, sur le souvenir duquel elle comptait, lui avait à peine parlé.

Cependant le nain venait de guider Philippe à travers une foule d'allées dont la lune éclairait les arbres, jusqu'à un bouquet de chênes assez obscur. En ce lieu retiré, une femme enveloppée d'une *manta* d'étoffe grossière semblait attendre quelqu'un.

— Voici le comte de Villamediana, dit le nain à cette femme... c'est celui que vous cherchez.

Et il eut soin d'ajouter à l'oreille du roi :

— Donnez lui votre bourse afin qu'elle vous reconnaisse. C'est la sorcière dona Veneranda Grajales, qui a été pendue treize fois en effigie. Tenez votre cape sur votre bouche et écoutez-la, Monseigneur !

Philippe suivit exactement la recommandation du nain, et présenté à dame Veneranda par Nicolasito le bouffon, il lui fit un léger salut.

— C'est bien vous, cher comte?

Le roi salua de nouveau.

— Que vous êtes difficile à faire venir, une fois que vous n'avez plus besoin des gens ! Sans ce nain qui, en sa qualité de *gitano*, me connaît depuis longtemps...

Vous êtes l'imprudence et la témérité en personne, continua-t-elle... J'ai bien à vous gronder d'avoir pris le chemin de ma rue sans votre déguisement habituel, celui d'*aguador* ou de *sereno*, que vous portez; la police vous ayant vu descendre ce matin les marches de ma citerne, m'a fait comparaître devant l'alcade-mayor, mais grâce à mon sang-froid et à mon esprit, je vous ai sauvé.

— Comment cela?

— Comment? Par la Noël! J'ai dit que vous veniez pour me consulter sur un vol de bijoux... Sur un vol! noble comte, le mot n'est-il pas joli? ne vous a-t-on pas volé votre cœur, et Dieu seul connaît la femme qui vous l'a volé! Les jardins du Buen-Retiro sont discrets à cette heure de nuit, je viens donc vous dire que je devine à qui s'adressent vos vœux, vos soupirs, mais en même temps je viens vous dire de ne pas jeter le manche après la cognée. Vous parliez hier de vous tuer, allons donc! Il vous faut quitter ces idées-là!

— Que veux-tu m'apprendre? dit Philippe en contrefaisant sa voix.

— Que ce matin, après que vous veniez de chez moi, une femme a frappé à mon taudis. Quelle femme , Senor! elle avait l'air d'un ange, elle glissait, en vérité, plutôt qu'elle ne marchait. Elle avait son voile rabattu sur le visage, et descendait alors d'un beau carrosse avec une jeune fille... D'autres que moi, moins exercées, n'auraient pas regardé de la fenêtre ce beau carrosse tourner prudemment le coin de ma rue, et se perdre dans le dédale de mon quartier. Mais on ne se nomme pas pour rien, Monseigneur, doña Veneranda Grajalès! J'ai donc très bien vu le manége du cocher. Pour celui de la dame, c'est autre chose! A peine entrée chez moi avec sa compagne, elle s'est je-tée dans un fauteuil où elle s'est mise à pleurer. « Bonté divine! ai-je dit, qu'avez-vous, ma noble dame? » — Elle n'a pas voulu me ré-

pondre, mais la jeune fille qui l'accompagnait,
et qui ne semblait pas alors moins affligée que
sa belle maîtresse, a rompu la glace. — Madame,
a-t-elle demandé, possédez-vous un sort, un talisman ou une amulette? nous en avons besoin
pour quelqu'un qui nous intéresse, sachez-le.
— Il est donc menacé de quelque malheur?
repris-je. — D'un malheur affreux! Madame,
reprit-elle en montrant la personne voilée,
a rêvé l'autre nuit qu'on le rapportait san-
glant chez elle, percé de coups, demi-mort! —
Je n'ai pas besoin de vous demander si c'est un
gentilhomme? ai-je alors poursuivi en allumant
mon *brasero* et en y jetant quelques herbes pré-
servatrices. Toutefois, la belle, si je n'exige pas
de vous que vous me disiez votre nom, j'ai le
droit de savoir le sien. Ecrivez-le sur ce morceau de vélin et vous le jetterez ensuite vous-
même dans la flamme du brasero! Le charme
aura lieu, et je vous donnerai un cœur d'argent

pour ce gentilhomme... Contre ce cœur s'é-
mousseront les traits de ses ennemis, croyez-le
bien !

La jeune fille n'a point hésité, elle a écrit sur
un papier le nom de Villamediana, votre nom,
sur lequel la dame avait alors les yeux attachés
comme s'il se fût agi du sien.

— Après ?

— Après? Monseigneur, le brasero a fait son
office, il a consumé le papier en question, et du
milieu des charbons j'ai retiré un cœur d'argent
de la grosseur d'une noix, que l'on doit vous
donner ce soir... si déjà on ne vous l'a donné...
L'auriez-vous reçu ?

— Non, ma foi.

— C'est un talisman rapporté de Syrie par
un moine arabe; entre nous, continua la Bohémienne, vous pourriez en avoir besoin. Le roi
Philippe IV est, dit-on, aussi jaloux que faible,
la reine vous plaint et Olivarez vous hait.

— D'où sais-tu ces choses?

— N'ai-je donc pas des yeux? La reine prend ses mouchoirs chez la Joaquina, la modiste de la rue de l'OEillet *, et ce n'est pas ma faute si Sa Majesté a des distractions. Elle a oublié celui-ci ce matin même sur ma table.

— Donne.

— Volontiers, car je vous aime, et vous êtes généreux. Mais croyez-en cette fois les conseils de Veneranda, il ne faut pas jouer un jeu semblable à Madrid; la reine doit passer la fin de cette saison à Séville, vous serez du voyage; patientez jusque-là... Aussi bien, voyez-vous, je connais un certain *valiente,* du nom de José Lupar, qui vous espionne, c'est sûr... Ce coupejarrets est aux ordres du comte-duc : méfiez-vous de sa langue et de sa dague... Je sais que l'on est entreprenant à votre âge; mais c'est une rude chose que de lutter à la fois contre un

* Calle del Clavel.

prince et son ministre... Je vous ai prescrit la patience, croyez-moi !

Et la Bohémienne se perdit sous les oliviers du Retiro que la lune colorait alors d'un reflet verdâtre et triste... Philippe IV, suivi de Nicolasito, ne tarda pas à se voir bientôt rejoint par Olivarez : tous deux éloignèrent le nain et causèrent quelque temps à voix basse, appuyés à la balustrade de marbre qui entourait l'Ile-des-Cygnes. Le bruit des musiques et des quadrilles interrompait seul par instants cette conversation mystérieuse sous les bosquets embaumés du Buen-Retiro. La lune envoyait au front des deux interlocuteurs ses lueurs molles et tièdes ; aucun pas ne troublait alors la solitude des allées royales.

— Vous avez raison, comte-duc, reprit le roi, c'est ainsi qu'il faut agir. La reine, avertie par vous, viendra, je n'en doute pas, tomber elle-même dans le piège. Cachez-vous près de ce pavillon, je veux, je dois moi-même l'interroger. J'aime à croire encore qu'Isabelle n'a que de la pitié pour le comte, j'aime à croire que sa folie n'éveille en son âme aucune pensée coupable. Cette entrevue sera décisive entre elle et moi ; partez donc, et songez que chaque minute est pour moi un siècle d'attente. Maudite soit l'heure où le soupçon devient certitude, où le breuvage est poison, où le nuage éclate en tempête ! Allez vite, allez, le juge de Villamediana, ce sera vous !

Olivarez s'éloigna, et quelques secondes après, le roi, adossé contre un des orangers du jardin, le roi, sombre et sinistre, une main appuyée sur le pommeau de son épée, l'autre serrant convulsivement le mouchoir d'Isabelle, vit apparaître, à travers la dentelle étincelante des massifs, une silhouette d'un blanc léger : c'était la reine, conduite en ce lieu par le ministre.

Émue et tremblante, Isabelle salua son maî-

tre, auquel elle demanda, par forme de contenance, le sujet de son isolement loin du bal;
onze heures sonnaient alors à l'horloge du Retiro.

— Je songeais, reprit le roi, que pendant
cette danse où les plus riches seigneurs et les
plus galants cavaliers de Castille étalent leurs
dentelles, Barcelone est loin, Madame, d'avoir
comme Madrid des fêtes et des plaisirs; la révolte s'y promène et la Catalogne est en feu.

— Que pouvez-vous craindre, Senor, avec
des généraux comme Spinola, des ministres
comme Olivarez?

— La Catalogne et le Portugal ne se sont-ils
pas révoltés, l'émeute ne menace-t-elle pas Madrid? Je sais, Madame, ce qui se dit de moi
dans les Espagnes; je connais l'ironique devise
du fossé *, que je dois à la malignité de mes

---

* A la suite des nombreux revers éprouvés sous ce règne
par le monarque, des satiristes de Madrid lui avaient donné
pour devise un fossé avec ces mots : « Plus on lui ôte, et
plus il est grand. »

ennemis. Mon cœur saigne ici de toutes ces in-
jures, je l'avoue; le duc d'Osuna attend mes
ordres, et il faut pour les lui porter un homme
dont je ne puisse soupçonner la détermination
et la valeur. Pour arriver jusqu'au duc d'Osuna,
il y a beaucoup de dangers à courir; il faut que
le gentilhomme chargé de cette mission soit à
Barcelone dans trois jours. Le comte de Villamediana est le seul en qui j'aie confiance. Que
pensez-vous de ce choix?

— Je pense, balbutia Isabelle, que de tous
les sujets dévoués à Votre Majesté, le comte de
Villamediana est certainement l'un de ceux qui
ont le plus à cœur l'honneur de l'Espagne et de
son maître; seulement sa jeunesse, son inexpé-
rience peut-être... Ne dites-vous pas qu'il y a
des obstacles à surmonter, et le nom du comte
de Villamediana est-il populaire à Barcelone?

— Il le deviendra, reprit froidement Philippe en jouant avec les cordons du mouchoir

qu'il tenait en main, et d'ailleurs, si quelque danger menace le comte, n'avez-vous pas un talisman à lui donner? La Bohémienne Veneranda Grajalès...

La reine frémit à ce nom, et elle ne vit pas sans une terreur glacée le mouchoir que lui présentait alors Philippe.

— Oui, cela est vrai, murmura-t-elle en s'appuyant demi-morte sur la balustrade de marbre de l'Étang-des-Cygnes, oui, je suis allée ce matin chez cette femme. Depuis ma rencontre avec le comte de Villamediana dans les souterrains de l'Escurial, depuis une foule de traits que l'on raconte ici de sa folie, depuis qu'il n'a voulu écouter aucun des conseils que je lui ai fait parvenir, depuis qu'il se perd volontairement chaque jour et par sa seule faute, je me crois, ainsi que lui, menacée d'un grand malheur...

— Et c'est pour le conjurer sans doute que

la Bohémienne vous a donné certain cœur d'argent, n'est-ce pas? Montrez-le moi.

Isabelle tira de son sein l'amulette de la sorcière; mais Philippe n'étendit pas la main, il se contenta de prendre un petit sifflet suspendu à sa ceinture, et il en tira un son prolongé. A ce signal, le nain accourut et le roi lui donna ses ordres à voix basse. Pendant qu'il parlait ainsi à l'oreille de Nicolasito, la reine adressait à Dieu une prière calme et fervente; sa conscience était pure comme l'eau de ce lac qui réfléchissait alors son beau visage sous les adorables clartés d'une lune douce et sereine. Il y eut bientôt un bruit de pas auprès des massifs, et elle vit paraître le comte de Villamediana.

La seule apparition de ce jeune seigneur, qu'escortait alors le nain Nicolasito, réalisait cette fois l'idée étrange que la reine s'en était faite; il était si pâle qu'il ressemblait à un fantôme. Sous les broderies éclatantes qui le cou-

vraient, sous le feutre à plumes qu'il ôta devant
sa souveraine, sous les ordres étincelants qui
couvraient alors sa poitrine, la peur était écrite
et pouvait se lire si aisément, que Philippe en
eut pitié. Oui, c'était bien là un de ces hommes
hardis et timides tout à la fois, hardis quand il
ne s'agit que d'eux, timides lorsqu'il s'agit d'une
femme jetée sur le chemin de leur fortune. En
se voyant appelé par le roi à comparaître ainsi
devant Isabelle et lui, il tremblait : qu'allait-il
apprendre? Sa mort ou son exil, sa perte et
celle de la reine, peut-être! A peine entré dans
ce bal, il avait rencontré le regard perçant et
froid d'Olivarez, ce mortel ennemi de toute autre puissance que la sienne ; il avait aussi parlé
dans les corridors à don Pedro Zuniga, dont il
avait méprisé les avertissements. Le vent de la
fortune allait-il changer pour lui, et le roi de-
vait-il cette fois lui faire entendre sa sentence?

Il n'en fut rien cependant, Philippe IV pressa

la main d'Isabelle en lui jetant seulement à la
dérobée, ces paroles que Villamediana ne put
entendre :

— Qu'il parte, je le veux ; c'est à vous de le
décider. Songez que d'ici je puis entendre vos
paroles !

Et il lui indiquait le pavillon près duquel il
trouva bientôt Olivarez qui se promenait de long
en large sous l'épaisseur noire et ténébreuse
d'un bois de frênes. Tous deux se tinrent l'un
près de l'autre, tous deux glacés, immobiles ;
un troisième espion veillait sur la reine, celui-
là, c'était Nicolasito qui feignait de dormir roulé
dans son manteau sur l'appui de la balustrade.

De temps à autre, cependant, la voix mou-
rante des fanfares et des instruments qui emplissaient alors les joyeuses salles du Buen-Retiro, envoyait ses notes éparses à ce lieu profond de solitude ; Villamediana s'avança vers

la reine avec une précaution inquiète et lui demanda pourquoi le roi les laissait seuls?

— Noble comte, répondit-elle avec un accent d'assurance qu'elle cherchait à donner alors à ses paroles, le roi Philippe IV m'a chargé pour vous d'une grave communication. Il a craint sans doute que vous ne le refusiez, lui, et c'est la reine d'Espagne qui vous parle ici en son nom. Ce soir même, vous devez partir pour Barcelone...

— Pour Barcelone? moi! dit le comte aussi alarmé de cette nouvelle que du ton étrange avec lequel la reine venait de l'en instruire.

— Reculeriez-vous d'aventure devant les obstacles et les périls d'une telle mission? Elle est dit-on aussi dangereuse que difficile.

— Pour servir mon prince et ma reine, il n'est rien que je n'entreprenne, Madame. Seulement, la précipitation d'un tel dessein.....

Est-ce bien le roi ou le comte-duc qui m'envoie
en Catalogne?

La reine se hâta de reprendre :

— C'est le roi, le roi lui seul. Des dépêches
vous seront remises pour le duc d'Osuna et le
gouverneur de la ville.

— Partir ainsi ! partir ! sans avoir pu seulement baiser la main de ma souveraine ! Le roi
prendrait-il quelqu'ombrage de mes empressements respectueux? Oui, je partirai, puisqu'il
l'exige, oui, dussé-je traverser à pied la Catalogne tout en feu, j'obéirai à mon souverain,
et, Dieu aidant, Madame, je ne rentrerai ici
qu'après avoir vu écraser une révolte ! Mais si
pourtant, Madame, je ne devais pas rentrer à
Madrid ! si l'heure où nous nous parlons était la
dernière pour moi, si ce ciel, ces arbres, ces
eaux, vous deviez, princesse, les regarder
seule un jour, seule et loin du triste Villamediana à qui vous ordonnez vous-même de fuir !

Ce sont là, Madame, des pensées d'angoisse et de trouble qui glacent en mon cœur la résolution et le courage. Pourquoi donc le roi vous a-t-il chargée de cette mission, n'avait-il donc point Olivarez? Ah! s'il craignait de voir faiblir mon courage, si le cœur d'un gentilhomme qui va se dévouer comme moi aux poignards catalans pour remettre les dépêches dont son prince l'a chargé, lui semblait devoir faillir, que n'employait-il une autre conseillère que vous? Devant vous, princesse, ma voix s'éteint, mon cœur bat; vous quitter hélas! me semble impossible. Oui, reprit Villamediana avec feu, dussent les lauriers de Spinola couronner mon front, oublierais-je jamais que c'est vous, vous Madame qui m'avez dit de partir; oublierais-je que vous me haïssez au point de m'éloigner et de me bannir vous-même?

En prononçant ces paroles d'accusation, ressource ordinaire des cœurs désespérés, ces pa-

roles injustes auxquelles il ne croyait pas, le
comte éprouvait une si invincible douleur que
la reine eut besoin elle-même de tout son courage. Dieu qui voit et pèse tous les sacrifices lui
donna la force de répondre :

— Seigneur-comte, c'est l'ordre du roi.

Elle se renferma dans ce peu de mots, comme
dans une forteresse impénétrable ; seulement
alors elle remercia l'ombre des nuages qui empêchait Villamediana de voir la pâleur empreinte
sur son front, elle imposa silence aux battements de son cœur. La seule pensée qui pût la
troubler alors, c'était la crainte des dangers
que courait le comte. Chez les femmes, l'inquiétude tendre et vive pour ceux qui les inté-
ressent est presque encore de l'amour; la reine
prit le cœur d'argent que la bohémienne lui
avait donné, elle l'offrit à Villamediana.

— Puisqu'il va partir, se disait-elle, c'est
c'est bien le moins que je songe à le protéger !

Le roi ne peut m'en vouloir de ce que je fais. Le
général Spinola m'a souvent conté qu'en ses
campagnes de Flandres il portait un talisman
sous son pourpoint. Zamet, on me l'a dit, en
avait fait un pour M. de Bassompierre.

— Que me présentez-vous? Madame, demanda le comte en regardant à la lune la forme
de l'amulette. Un cœur d'argent? Un cœur vide
sans doute? Hélas! à l'avenir ce sera l'image du
vôtre; à l'avenir, Madame, vous n'aurez plus,
même pour le comte de Villamediana, ni souvenirs ni regrets. J'aurai amusé votre fantaisie
comme un héros de roman; la page arrachée,
que restera-t-il de moi?

Il venait de laisser retomber sa tête sur sa
poitrine avec un amer soupir, son courage était
brisé. En examinant le médaillon, le comte y
reconnut bientôt, à la lune, les signes magiques
si chers à la superstition des Arabes, il devina
l'amulette. A Valladolid, à Grenade, à Tarifa,

il en avait pu voir de pareils; son désespoir
l'emporta, il saisit le cœur d'argent, et d'un
geste résolu, il le lança dans l'Étang-des-Cygnes.

— Maintenant, s'écria-t-il, vous pouvez être
rassurée, Madame, rien ne me défend plus de
mourir! Maintenant, vous le voyez, rien ne
menace plus votre repos. Maintenant, je pars
emportant moi-même les lambeaux de mon
pauvre cœur; je pars meurtri, désolé! Je pars,
et la première route où marchera le bandit, le
glaive ou l'escopette à la main, je vais la prendre, que dis-je? je vais la chercher avec délices.
Adieu les douces paroles, adieu les songes d'or
que me versait la fée dans le sommeil agité de
mes nuits, comme la nourrice verse le baume
aux lèvres de l'enfant pour l'endormir! Oui, de
ce jour seulement je vois la réalité. Misérable
fou qui me heurtais ainsi à tout ce qu'il y a
d'impossible et d'insensé! Poète réprouvé de
Dieu et des hommes qui demandais aux fleurs

interdites, aux rivages inaccessibles des sucs et
des ombrages qui ne croissent pas pour lui!
Oui, je dois partir, je partirai. Dites à mon
maître, au vôtre, que dans tout Madrid il n'y
avait peut-être qu'un seul homme qui dût tenir
à l'existence, un rêveur jaloux de ses rêves de
bonheur, de crainte et d'espoir, un cœur ratta-
ché profondément à la vie par tout ce qu'elle a
de séduisant et de jeune, c'est celui-là, Madame, qui va mettre un monde entre sa pensée
et lui, c'est le serviteur du roi qui va, ce soir,
chausser l'étrier! Quand la Sierra se colorera
demain des feux de l'aube, il sera en marche,
appelant à ses côtés cette maîtresse jalouse qui
ne le quittera plus, la mort, cette autre fée à
laquelle il donne à tout jamais son anneau!
Oui, regardez-moi bien, ce n'est plus Villamediana qui vous parle, c'est l'envoyé du roi Philippe IV, une armure froide, glacée, sous laquelle rien ne palpite, un favori du prince, un

négociateur qui ne connaît rien de l'amour !
Quand vous le reverrez, — si vous le revoyez,
Madame, — il aura l'air de vivre et de sentir
comme les autres hommes, cependant il n'en
sera rien. Quand le carrosse de la reine passera
dans les vertes allées du Prado ou d'Aranjuez,
il ne tournera plus la tête comme un mendiant
épuisé qui cherche à se placer dans le rayon du
soleil ; quand il y aura fête, comme aujourd'hui,
au Retiro, il se tiendra morne et sévère dans sa
maison. Oui, croyez-le, Madame, il y a des
morts qui vivent, il y a des courages trempés
d'un acier assez fort pour jeter un voile impénétrable sur leurs plaies. Je pars, oui, je pars,
ajouta Villamediana cédant à l'exaltation de sa
douleur, je pars, mais ce jour aura été, Madame, le plus beau jour de ma vie ! La mort me
délivre du cruel chagrin de n'avoir jamais été
aimé !

Ces paroles, tour-à-tour amères et violentes,

s'étaient succédées dans sa bouche si rapidement, que la reine n'avait plus de force pour le
retenir. Une inexprimable tristesse s'emparait
de tout son être à la vue de ce malheureux jeune
homme dont le désespoir était si cruel ; effrayée,
surprise, elle eût désiré le fuir ; mais elle ne
trouvait dans son cœur qu'une compassion ardente pour sa fascination et sa démence. Elle
l'avait écouté avec une véritable inquiétude,
elle se surprenait devant lui émue et tremblante, elle avait pâli en songeant aux périls
qu'il allait courir. Sa pureté généreuse la mettait à l'abri d'un entraînement ; mais dans le tumulte de ses idées elle se découvrait au fond de
l'âme un attachement de sœur pour l'homme
qu'on sacrifiait. Un soupir doux et profond er-
rait sur ses lèvres, il lui restait un espoir pour
bercer encore sa douleur, elle rêvait le retour de
Villamediana oubliant l'amour pour la gloire,

rendu à lui-même et à la sagesse, à l'aide du
repentir et de la foi.

— Oui, vous nous reviendrez, lui disait-elle ;
vous nous reviendrez, Comte, digne de vous-
même et digne de nous. Nous prierons pour
vous pendant que vous serez loin, et peut-être
notre voix aura-t-elle le pouvoir de détourner
les dangers qui vous menacent. Si nous étions
coupables, Dieu rejeterait notre encens, mais
lui qui découvre le ver caché sous l'herbe des
champs, il sait notre innocence et nos vœux ardents pour votre bonheur. C'est lui qui recueille
la rosée amère des larmes, lui qui lit au fond
des cœurs attristés. Croyez bien, Comte, qu'il
étendra sur vous son égide toute puissante. Ah !
si votre malheur devait être un jour mon
ouvrage, pourrais-je m'en consoler ? Et d'ailleurs ce serait plus qu'un malheur, vous le savez ; ce serait un crime. L'erreur où vous sem-
blez, hélas ! vous complaire, n'est pas si pro-

fonde ; elle peut, elle doit se déraciner de votre esprit. Je serais coupable de ne pas vous
dire la vérité ; je vous crains, mais je crains
aussi une voix plus forte que la vôtre, celle de
ma conscience. Malheur sur moi, Comte, si je ne
vous laissais pour ami et pour compagnon que
le remords, si je cédais à l'attrait funeste de
votre douleur ! Quittons tous les deux ces misé-
rables ruses du cœur qui abusent et qui égarent.
Villamediana, levez les yeux vers un monde
meilleur, vers ce monde étoilé qui brille au-dessus de nous. Dans le ciel l'amour est pur, merveilleux, ineffaçable. Quand nous y arriverons
tous deux, l'aile brisée, le Seigneur nous y rece-
vra ! Oui , Comte , il me semble que nous devons nous retrouver quelque jour, non plus
cette fois dans les gémissements et les larmes ,
mais dans un charme céleste, ineffable, celui
des anges! C'est à ce réveil glorieux que je vous
convie !

Isabelle semblait se complaire alors dans l'impérissable consolation de cet espoir ; mais le saisissement douloureux qui oppressait le cœur de Villamediana l'effraya bientôt, elle retomba dans la tristesse de ses pensées. Un seul instant elle releva sa tête éplorée, mais ce fut pour voir le comte regarder la cabane du cygne.

La cabane était déserte, l'oiseau rentré à cause du froid ; peu à peu cependant les allées s'emplissaient autour d'eux d'une lueur brillante et singulière, on entrevoyait des flambeaux glissant à travers les arbres comme autant de radieux météores. C'était une députation de jeunes seigneurs tenant chacun une torche à la main, ils venaient à la rencontre du roi et d'Isabelle pour les prier d'ouvrir eux-mêmes le *Branle de la Torche*, danse fort usitée à cette époque.

Olivarez et le roi étaient déjà sortis du pavillon, le nain s'était dressé sur son séant, Isabelle et le comte demeuraient seuls immobiles au

milieu de cette agitation qui bruissait autour
d'eux.

— Comte, reprit le roi, en passant près du
jeune homme, la reine vous a fait part de ce que
nous osons espérer de vous ?

— Je suis prêt, Senor, répondit Villamediana d'une voix sourde.

— Venez donc avec nous, poursuivit Olivarez, venez, Comte, car c'est un triomphe que
vous réserve le monarque. Ces seigneurs, ces
musiciens vous accompagneront à la sortie du
Buen-Retiro, vous, le favori, le capitaine qui allez devenir l'émule de Spinola !

Le comte ne remarqua pas l'ironie cachée de
ces parol   il se disposait à suivre le roi, quand
Olivarez l'arrêtant :

« Le roi vous permet, reprit-il, d'offrir votre
bras à la reine !

En obéissant à cet ordre, Villamediana tres-
saillit, la senteur embaumée de ces pelouses, ces

musiques, ces voix lui faisaient l'effet d'un rêve.
Il ne trouvait pas une parole errante sur ses lèvres, mais en revanche il écoutait mille voix
confuses au fond de son cœur. Pour la reine,
son sacrifice était fait, elle pensait à Dieu, ce médecin des plus incurables folies, ce maître puissant qui soulève à la fois les tempêtes et les
apaise. Elle invoquait le ciel pour Villamediana.
En vérité vous eussiez dit alors l'une des ces
belles vierges du Procaccini, résignées si noblement à leur croix et à leur martyre ; mais quand
le comte lui eut offert de nouveau la main pour
ouvrir le pas des flambeaux, avec elle, à l'ins-
tigation d'Olivarez, tout son courage la quitta,
Isabelle s'évanouit.

Au cri de Blanche qui courut alors vers sa
maîtresse, le roi s'approcha ; un quart d'heure
après et par les soins de la camerera-mayor, la
reine avait repris connaissance. Un flot de seigneurs, de cavaliers et de gentilshommes entou-

rait alors Villamediana, les uns sous le masque,
d'autres le front découvert ; le comte en remarqua un qui semblait attaché à ses pas comme son
ombre. Il était de haute taille, et quand Villamediana lui adressa la parole, il répondit d'un
air calme :

— Je suis José Lupar, le *valiente ;* avez-
vous besoin de moi? L'autre jour, Seigneur,
vous m'avez donné votre bourse, ce soir, je
vais, moi, vous donner un bon conseil, ne prenez pas le chemin des *Portales...*

Et il se perdit dans le tumulte du bal.

La reine s'était remise peu à peu, Philippe et
son ministre l'avaient entretenue quelques secondes. Elle affecta une sérénité qui était loin de
son cœur, et se promenant au bras du comte,
elle examina les quadrilles. Villamediana passait
dans cette foule, le front penché, allourdi, et cependant ce n'était autour de lui que murmures
flatteurs et complaisants.

— Décidément le favori détrônera bientôt Olivarez dans l'esprit du roi! Philippe, tout à l'heure, vient de lui passer au cou son collier d'agathes et d'améthistes !

— Pourvu que les Catalans ne tuent pas ce beau muguet ! reprenait le vieux duc de Vallombrosa.

L'horloge du palais venait de sonner minuit, le coche du comte était prêt, le Retiro était d'un noir d'encre. Le comte d'Orgaz, l'ami de Villamediana, devait l'accompagner jusqu'aux portes de Madrid où il devait trouver sa première escorte.

Peu à peu le bal s'était éclairci, la reine elle-même venait de se retirer appuyée au bras de Blanche. Le regard jeté par Isabelle au comte de Villamediana exprimait à la fois la crainte et l'enthousiasme; le courage du jeune homme l'épouvantait et la ravissait tout ensemble. La

reine espérait que le comte reviendrait à la fois
victorieux et guéri de sa fatale passion.

Olivarez crut remarquer alors une larme
dans les yeux du roi, il la sécha par un mot :

— Votre Majesté, dit-il, oublie-t-elle qu'on la
regarde ?

L'orgueil du triomphe contre lequel se rai-
dissait Villamediana, prit insensiblement le dessus sur son esprit, les musiques du Retiro sonnaient encore aux portiques quand il monta en
voiture avec Orgaz.

La nuit était sombre, et il tombait un vent
si glacé de la Guadarama, que le comte Orgaz
ferma les rideaux de cuir de l'équipage.

Arrivé au bout de la rue d'Alcala, aux arca-
des de la Guadalajara, nommées les *Portales,*
où pullulent maintenant les tailleurs de Madrid,
Villamediana vit un homme qui frappait de la
main aux vitres rondes placées sur le rideau du
carrosse.

— Comte ? s'écria une voix.

— Quel comte ? répondit Villamediana, est-ce Orgaz ou moi ? réponds *.

Et il tira les rideaux de cuir. En ce moment il fut frappé de deux coups de poignards à la gorge, il poussa un cri et tomba.

.   .   .   .

* Historique.

XI

Épisode.

Cette même nuit, une jeune fille fut trouvée dans le Buen Retiro, alors désert, par la ronde de nuit que conduisait le capitaine Ramon de Zafra. Elle était assise sur le gazon qui borde la balustrade de l'île des Cygnes. A la lueur de sa lanterne, car la nuit était, nous l'avons dit, des plus épaisses, le capitaine reconnut Blanche, elle cherchait à réchauffer entre ses mains

I. 18

le corps d'un cygne dont quelques plumes flottaient sur l'étang, près de la cabane de l'oiseau.

Le lendemain soir, fut pendu en grande pompe, après avoir été précédemment fouetté et marqué, le nain Nicolasito, coupable d'avoir passé sa ceinture de soie autour du col de l'oiseau royal. Il avoua son crime en disant qu'il haïsssait le comte de Villamediana, et que le soir de son triomphe, sachant que le comte mourrait à l'heure même où mourrait l'oiseau, il s'était glissé dans la cabane et l'avait tué.

Philippe IV poussa un cri d'horreur en apprenant le meurtre de Villamediana ; Olivarez lui avait jusque-là laissé ignorer le crime. La disgrâce du ministre, qui suivit cet événement, tient à des causes et à des malheurs politiques, mais Philippe la vit avec joie, on eût dit que cette disgrâce remplaçait, à ses yeux, un châtiment. L'attentat fut impuni.

Le corps du comte de Villamédiana resta exposé huit jours sous la porte de la maison des Mediana, qui appartient aujourd'hui au comte d'Oñati, l'un de ses descendants. Le peuple assiégeait les abords du palais le jour et la nuit.

On trouva un soir un papier attaché au drap mortuaire de ce cercueil, il contenait ces deux vers :

Quien a matado al conde ?
Ni se sabe, ni se esconde *.

Ce distique fit du bruit ; le ministre osa réclamer du roi l'ordre de faire enfermer l'alcade-mayor. On le fit relâcher sous main.

Quelques mois après, la reine Isabelle de Bourbon mourut, et peu de temps après cette mort, le roi épousait, en secondes noces, Marie-Anne d'Autriche.

En 1841, je me trouvais à Madrid quand on fusilla Diégo de Léon. Arrivé devant le palais des Mediana, je m'assis, le soir de l'exécution,

* Qui a tué le comte? — On ne le sait, ni on ne l'ignore.

sur le banc de pierre placé à la porte; une vieille femme andalouse y chantait la complainte relative à Villamediana, et connue en Espagne sous le nom de *gangiurlo*. Je la lui achetai et la ployai dans le journal qui contenait les détails de la mort de Léon. Deux grands noms, deux tristes fins!

C'est aussi la fin de cette nouvelle, et l'auteur usant de la formule espagnole, prie qu'on lui pardonne ses fautes.

LE CHEVALIER DE CHARNY.

I

Rodomontades.

Vers la fin du mois de mai 1660, à l'hôtellerie des *Deux-Anges*, située dans la plus grande rue de Saint-Jean-de-Luz, il y avait grand tumulte..

La cloche du dîner venant de sonner, chaque convive allait occuper à table sa place habituelle dans la salle basse, quand tout d'un coup un courrier basque entra au milieu de la cour en

faisant claquer son fouet de façon à étourdir
l'assemblée. Il précédait un coche de belle apparence d'où l'on vit descendre bientôt deux
gentilshommes français tout poudreux, arrivant
de Saint-Sébastien, où le roi d'Espagne se tenait alors.

Les nouveaux-venus une fois entrés, se dis-
posaient à s'asseoir à la table commune, lorsqu'un des assistants, se levant et allant vers
eux, les pria de n'en rien faire, alléguant que
les deux siéges qui se trouvaient là attendaient
deux dames de la ville lesquelles devaient faire
en ce lieu la collation.

Il faut croire que l'observation de ce galant fut
accompagnée de certain air glorieux et rodo-
mont ; car l'un de ces gentilshommes s'en fâcha
et échangea quelques paroles amères avec le
cavalier. Cela fait, il noua sa serviette sous le
menton, prit l'un des siéges et fit signe à son
compagnon de s'asseoir auprès de lui.

Un pareil début était bien fait pour indispo--
ser contre sa personne tout ce qui se trouvait
en ce lieu de gens appartenant à la cour d'Espagne ; mais l'air imposant et dédaigneux du
gentilhomme français qui venait de prendre
aussi brusquement sa place au milieu de convives étrangers pour la plupart à sa nation,
exerçait une sorte de fascination subite......

C'était un jeune homme de vingt-cinq à
vingt-six ans, couvert de broderies de la tête
aux pieds et dont le seul habit sentait le grand
Cyrus à pleine bouche. Évidemment celui-là
n'était pas de ces seigneurs venus à la suite de
la cour, et se plaignant d'être mal logés, qui
l'eussent été bien davantage une fois de retour
à Paris. Il avait une magnifique veste semée de
dentelle d'argent, des plumes dont le brin valait
un louis d'or, des nœuds de ruban couleur de
feu, et une telle odeur de poudre de Chypre à
ses manchettes, qu'il y avait presque de l'injus-

tice à croire qu'il n'empoisonnait pas le Marais chaque fois qu'il entrait dans un salon de ce quartier. Son air était noble, hardi, sentant dès l'abord les aventures de conséquence et les bonnes fortunes du grand monde ; c'était enfin un cavalier propre à faire belle figure dans un camp comme dans un bal, un homme de fêtes et de carrousels s'il en fût, digne en tout d'avoir accompagné l'année précédente à Madrid, le maréchal de Grammont avec une foule de seigneurs portés sur sa liste quand il alla en poste demander l'Infante de la part du roi.

Malgré cette paix célèbre à laquelle deux ministres travaillaient alors si fortement, ce beau gentilhomme semblait avoir plus d'envie de rompre la trève que de la garder. Aussi sa conversation fut-elle brève avec l'Espagnol, auquel il s'était contenté de dire avec assez de hauteur qu'il se nommait le chevalier de Charny, et qu'il logerait toute la semaine à l'hôtel des *Armes du Roi*, situé à l'autre bout de la ville.

Il avait à peine jeté à son rival cette sorte de défi, qu'un personnage vêtu d'une façon assez maigre et qui était loin de porter comme lui des chausses à la Candale, se leva et courut lui offrir d'être son second, ce qui déchaîna une véritable tempête à la table d'hôte, car ce survenant était Français et semblait prendre fait et cause pour le chevalier contre l'Espagne.

Le chevalier de Charny toisa rapidement ce nouveau frère qui lui venait alors si vite en aide, et le soupçonnant à sa mine d'être un véritable coupeur de bourse, suivant la piste de la cour :

— Grand merci, Monsieur, répondit-il ; mon compagnon me suffit.

Le personnage en question, dont une large balafre ornait le front et serpentait ensuite agréablement sur le nez jusqu'à l'oreille, à

l'instar de celle du capitaine Fracasse, porta les
yeux à son tour sur celui que le chevalier lui
faisait l'outrage de choisir à sa place, et pirouet-
tant sur le haut talon de ses bottes garnies d'un
reste de dentelle jadis blanche, il s'écria :

— Ça ! votre témoin, monsieur le chevalier?
Mais ce jeune cadet a les mains d'une femme,
l'œil d'un Céladon et la peau d'une demoiselle;
il ne tiendra pas sur le pré ou dans les rues de
Saint-Jean-de-Luz plus qu'un capucin de
cartes !

Et soufflant alors sur l'une des plumes érail-
lées de son feutre, il la fit voler dans l'espace
d'un air de satisfaction, en regardant ensuite
l'ami du chevalier avec une sorte de compassion
moqueuse...

— Je suis le capitaine Malagotti, ajouta-t-il ;
j'ai fait les campagnes de Flandres, de Catalogne et d'Italie; j'ai servi de second à MM. de
Villequier, Ge ri... et à vingt autres..... Je

m'attendais à mieux de la part du chevalier de
Charny...

Le chevalier, surpris de s'entendre ainsi nommer, allait répondre, quand la porte de la salle
à manger cria sur ses gonds et donna passage à
deux dames dont le seul aspect l'émut tellement, qu'il se leva et offrit de lui-même sa
chaise à l'une d'elles avec un empressement
obséquieux.

II

Concha.

De son côté, l'Espagnol, les voyant entrer,
courut à elles, sans remercier le chevalier de
Charny, de sa politesse; car il avait encore son
insulte sur le cœur; et s'il s'était tû, c'était
plutôt grâce à la paix que cimentaient alors les
deux nations, que par défaut de bravoure. D'ailleurs, les duels étaient alors défendus en Espagne autant qu'en France, et à cette table il pouvait se trouver des espions ravis de le dénoncer.

Pour le chevalier, il ignorait encore la conséquence et la gravité de son injure. L'Espagnol, auquel il avait affaire, n'était pas moins
que le fils du duc de Medina-Celi, jeune homme
de haute naissance et d'une fortune plus grande
encore.

Il n'avait pas vingt ans, et on lui en eût
donné trente, tant il paraissait déjà voûté ; il
n'avait rien du faste et de l'orgueil de son rang ;
à la sévérité du costume qu'il portait ce jour-
là, on l'eût pris plutôt pour un étudiant quit-
tant de la veille les Récollets de Burgos que
pour le fils de l'un des plus riches seigneurs
de la cour d'Espagne...

Cependant son visage offrait le type caractéristique des Grands de ce règne échu au pinceau de Velasquez ; il avait cette longueur maigre et cette pâleur maladive à laquelle semblaient
prêter encore les collerettes et les rotondes sous
Philippe IV. Ses moustaches se relevaient en

crocs luisants sur des joues ternes et caves; il
portait les cheveux pendants et un habit de couleur sombre orné de larges roses noires; sa lèvre était plissée, son œil hardi et impératif. Sa
petite taille nuisait seule à cet ensemble assez
noble : il n'arrivait guère qu'à l'épaule du chevalier de Charny.

Il présenta la main à la plus jeune des dames,
qui venait d'arriver dans la salle basse, puis il
se tint humblement debout derrière elle, pendant que les valets faisaient le service autour de
la table.

Dès l'apparition de cette admirable personne
dans l'hôtellerie des *Deux Anges,* il s'était
élevé bien vite un murmure de surprise et d'admiration parmi les convives, et nous venons de
voir que le chevalier de Charny lui-même, cédant à l'impression soudaine d'une si éclatante
beauté, s'était empressé de faire place à la

dame, qu'accompagnait sa suivante; son ami
en fit autant.

A vrai dire ce dernier, en imitant l'exemple
de M. de Charny, ne put réprimer une moue
légère. Il trouvait la place bonne et il ne lui
convenait guère de manger debout; mais le
chevalier le contint d'un coup-d'œil, et ils s'en
furent se coller tous deux contre la tapisserie
d'en face afin de mieux contempler cette déesse
qui allait dîner comme une simple mortelle.

Ceux qui reprochent, on ne sait trop pourquoi, aux dames d'Espagne d'être brunes, auraient trouvé dans le seul teint de celle-ci le dé-
menti le plus éclatant. Sa peau blanche et fine
était sillonnée de ces grandes veines bleues qui
ont un charme indicible dans une belle femme,
ses lèvres d'un rouge de grenade étaient peut-
être un peu fortes, mais elles s'alliaient merveilleusement au tour enjoué de son visage et à
l'expression de ses yeux noirs fendus en amande.

Elle avait de fort belles dents, mérite assez rare
pour une Espagnole, des cheveux abondants et
noués de rubans à l'infini, des mains et des
épaules exquises de modelé. Un corsage de soie
noire, où le jais ruisselait à profusion, serrait
sa taille de guêpe et se découpait mollement sur
sa poitrine; elle n'avait sur elle aucune broderie d'argent; car l'argent sous ce règne était défendu en Espagne et elle était d'ailleurs encore
en deuil; mais elle s'en dédommageait par de
fort belles bagues enchâssées de pierreries.

— C'est la comtesse de Liche, l'adorable veuve!
— murmura-t-on bientôt autour d'elle: —ne
dirait-on pas d'une fée ou d'une reine? Assuré-
ment l'île de la Conférence n'aura pas vu de plus
suave merveille, elle méritait bien que ce cavalier lui fît place!

A peine assise, la comtesse promena d'abord
sur le cercle tumultueux des convives son regard doux et limpide; ceux qui se trouvaient

là étaient tous Espagnols, à l'exception du capitaine au manteau râpé qui avait offert au chevalier de Charny d'être son second et qui rava-
geait les plats avec une ferveur incroyable jusqu'à tremper ses manches dans les sauces. Après
avoir salué quelques personnes d'une légère
inclinaison de tête, la comtesse arrêta ses yeux
sur le chevalier qu'elle reconnut à merveille,
car il avait déjà vu Madrid l'année précédente,
au mois d'octobre, dans la plus belle compagnie,
celle des abbés de Feuquières, de Villiers, de
Castellane, du comte de Quincé, de Thoulon-
geon, de Guiche, de Louvigni et d'une infinité
d'autres seigneurs escortant M. de Grammont.
La comtesse de Liche se rappelait même les per-
sécutions amoureuses du chevalier dans un certain bal donné chez l'Amirante de Castille, et
elle avait un soir admiré ses broderies au jeu
de don Luis de Haro dont elle se trouvait pa-
rente.

Arrivée comme tant d'autres de Madrid pour
jouir des fêtes qui devaient précéder et suivre
le mariage de l'infante, elle s'était fixée à Saint-
Jean-de-Luz, où il y avait encore peu de Français, presque tous se trouvant alors à Saint-
Sébastien. C'était une beauté rieuse et coquette
jusqu'à l'excès, se moquant fort de la largeur
des canons que portaient les gentilshommes de
Louis XIV, riant bien haut des curieux du
Marais qui venaient voir dîner le roi d'Espagne,
et manquaient de l'étouffer, s'embarrassant peu
du rétablissement du roi d'Angleterre en son
royaume et des exploits que Monck pouvait faire,
douée comme jamais femme ne le fût, cachant
ses caprices sous le manteau du veuvage, et
regardant le malheureux fils du duc de Medina,
qu'elle tenait en laisse, de l'air dont la superbe
Diane regarde un levrier qu'elle a soumis.

Le jeune Espagnol se tenait debout, comme
un nain, derrière la nonchalante comtesse, ha-

bitué peut-être à dîner par cœur en se repais-
sant les yeux de sa beauté ; mais, dans le fond
de son âme, piqué à l'extrême du salut qu'elle
venait de rendre à M. de Charny, dont, par un
manège assez adroit, elle ne se trouvait séparée
que par un rang de convives.

— Pourquoi donc, cher duc, ne pas dire
vous-même à M. le chevalier et à son ami de
venir causer un peu avec moi ? Pensez-vous que
je vienne ici pour manger, et n'êtes-vous point
jaloux de donner à ces gentilshommes français
une meilleure idée de la politesse espagnole ?
En pareille circonstance, votre père eût fait venir deux nègres auxquels il eût dit de s'agenouil-
ler, et on eût dressé le couvert sur leurs épaules... Vous ne serez jamais bon qu'à faire un
théologien ; vous ne savez rien des belles manières !

— Melita, continua-t-elle en s'adressant à
sa duègne et comme pour se venger du silence

résolu que gardait son *cortejo*, vois donc comme
le plus jeune de ces Français est gentil !.. on
dirait une femme, n'étaient ses moustaches ! Je
gage qu'il ne jure pas et que le vin de Val de
Penas lui brouille le cœur !

En parlant ainsi, et en faisant mine de croquer
une alouette, vis-à-vis de laquelle elle jouait
la pantomime du chat contre la souris, la comtesse examinait le compagnon de M. de Charny,
et paraissait absorbée comme malgré elle dans
la contemplation de ce jeune et frais visage...

C'était un cadet de dix-neuf à vingt ans,
l'air espiègle, joyeux, plus délibéré peut-être
qu'on eût pu l'attendre de son âge, les yeux
noirs, les mains et les joues marquées de fos-
settes, ayant dans chacun de ses mouvements
une sève de vie et de santé sans égale, les lèvres
roses, le teint clair. Il était habillé à la dernière
mode de France, avec le justaucorps fleur de
seigle à longues raies d'argent, la chemisette

passante, les manchettes larges et les bottines à dentelle ; la taille et la jambe si admirablement prises qu'en le voyant marcher, même à côté de Charny, les dames de Saint-Jean-de-Luz ne pouvaient s'empêcher de s'écrier elles-mêmes : *Un lindo mozzo* *! mais avec cela, si jeune et si efféminé, il faut bien le dire, que beaucoup d'entre elles lui eussent offert des prâlines.

— Gabriel, dit Charny, sais-tu que je suis jaloux ? la comtesse de Liche te regarde avec des yeux !..

Et le chevalier sourit lui-même comme s'il eût connu mieux que personne la faiblesse de ce rival, qu'il semblait réellement ne pas craindre.

Pour Gabriel, il ne répondit pas et se contenta d'observer à son tour la belle comtesse.

— Mais tu as la rage de te placer toujours devant moi, poursuivit le chevalier impatienté ;

* Le joli garçon !

vas-tu faire ainsi durant tout le dîner l'office
d'un nuage et me cacher le soleil ?

Ce compliment, qui sentait fort le sonnet,
et que Benserade eût mis en vers, fut prononcé
exprès assez haut pour que la comtesse de Liche l'entendît ; elle remercia Charny par une
œillade et renouvela ses instances au duc de
Medina, son amoureux, pour qu'il fît approcher les deux Français arrivés de Saint-Sébastien.

— Concha, murmura le duc à son oreille,
vous voulez me piquer au jeu ? Si vous tenez à
connaître ces deux cavaliers, que ne les invitez-
vous à voir passer demain la procession du haut
de votre balcon ?

— Vous avez raison, Gaspar, c'est une idée
à laquelle je n'eusse pas songé ; je veux même
les avoir après cela au *refresco ;* car le dîner
qu'ils font aujourd'hui...

Le repas des deux gentilshommes était en ef-

fet assez douteux ; la presse était si grande dans
l'hôtellerie, qu'ils dînaient debout, et n'eussent
pas mangé grand chose sans le soin particulier
que prenait d'eux et de lui le capitaine dont le
chevalier avait refusé les services. Cet homme,
qui avait la mine d'un véritable croquant en
quête d'une dupe à plumer, regardait Gabriel
depuis quelques instants avec une telle insistance, que le chevalier, peu endurant de son naturel, lui demanda brusquement le motif de ses
regards inquisiteurs.

Pressé de répondre, le capitaine Malagotti se
leva, et saluant froidement le chevalier de
Charny :

— Les traits de ce jeune homme, dit-il en lui
montrant Gabriel, me rappelaient en ce moment même, ceux d'un enfant que j'ai connu...

— Et en quel endroit, monsieur, dit négli-
gemment le chevalier au capitaine, pensez-vous
avoir connu ce jeune homme ?

— À Tours, chevalier..., près du château de la Marbelière... Oui, si mes souvenirs ne me trompent pas...

— Vous êtes de Tours? murmura Charny, vous connaissez le château de la Marbelière?..

— Et celui de Chaumont... qui n'en est qu'à trois lieues... reprit le capitaine, en fixant toujours Gabriel avec intérêt.

— Chaumont sur la Loire? poursuivit Charny, en cherchant à dissimuler l'émotion que faisait naître en lui le souvenir des deux noms évoqués par cet homme... Lorsque j'étais enfant on m'y amenait parfois, continua-t-il en baissant le ton de manière à ce que Gabriel ne pût l'entendre.

— La duchesse de Châtillon s'y était alors réfugiée, continua le capitaine, elle avait auprès d'elle une jolie fille nommée Suzanne...

— Vous avez raison... je crois l'avoir entendu dire... poursuivit Charny embarrassé de plus en plus, mais affectant l'air distrait ; cette fille n'est-elle pas morte dans un incendie?

— Morte, reprit le capitaine ; oui, il y a quatre ans de cela. Les gens du pays assurent qu'elle a péri dans les flammes, lorsque le cardinal Mazarin fit arrêter madame la duchesse de Châtillon. Si je vous en parle, c'est qu'elle ressemblait à ce jeune homme.

— On se ressemble de plus loin, dit le chevalier ; seulement, Gabriel est né près d'Effiat en Auvergne... Mais puisque tous deux nous sommes compatriotes, capitaine, continua gaîment Charny, buvons ici à la paix des deux couronnes ! Ne m'en voulez pas au moins d'avoir refusé vos offres, il n'y a qu'un instant, lorsque vous vous proposiez à moi pour second ; Gabriel m'en a déjà servi plusieurs fois... Tout récemment encore, à Fontarabie, tenez..... Si vous voulez faire demain, après le combat, une promenade à cheval avec moi au bord de la

mer, j'espère être encore de ce monde..., je
donnerai l'ordre qu'on vous reçoive à mon auberge... En attendant, buvons, je vous le répè-
te, car on nous observe, et ces dames ne doivent rien savoir de la querelle entamée entre ce
jeune Espagnol et moi...

Remplissant alors un large gobelet, le chevalier posa la main sur sa hanche gauche en rele-
vant sa moustache, et regardant Concha avec des
yeux qui n'exprimaient que trop la hardiesse de
sa flamme :

— A la santé de la reine des Espagnes, dit-il
en choquant son verre contre celui de Gabriel et
de Malagotti, et que le roi de France soit toujours aussi sûr de ses sujets qu'elle l'est ici de
ceux qui la servent !

Ces paroles dites, il but sa rasade d'un trait,
et tous les convives qui étaient gens d'accom-
modement, interprétèrent son toast en faveur
de leur véritable souveraine. Mais don Gaspar

de Medina n'eût garde de s'y méprendre ; et,
démêlant un regard d'intelligence entre Concha
et le chevalier, il fit signe à un page de faire
avancer son carrosse.

— Ne venez-vous pas prendre le frais sur la
jetée? dit-il à la belle comtesse de Liche. J'ai
donné l'or· · qu'on attelât ce soir ces deux chevaux isabelle que vous aimez tant.

— Permettez-moi, du moins, cher Gaspar,
répondit Concha qui ne voyait que trop bien
les dispositions hostiles du duc, de répondre à
la santé que M. le chevalier de Charny vient de
porter à la reine. Bientôt, dites-vous, la paix
sera conclue et publiée dans tout le royaume. Eh
bien, dût s'en courroucer votre bravoure, je
veux boire à la paix !

Messieurs, continua-t-elle en se levant, que
chacun de vous choque son verre contre le
mien !

C'était là une provocation trop douce pour

que les plus indifférents ne s'y rendissent pas. Tous les cavaliers se levèrent donc et s'en furent trinquer à la paix avec la belle comtesse.

Quand ce fut le tour de Charny :

— Chevalier, lui dit-elle, j'espère que vous viendrez demain à mon jeu ; il ne vaut pas, je le sais, celui du cardinal Mazarin, mais vous serez indulgent. N'oubliez pas d'y amener votre jeune ami dont je vous prie de me dire le nom.

— Il s'appelle, madame, le baron Gabriel de Chaville. On m'a confié le soin de son éducation, et si vous daignez m'aider...

La comtesse tendit sa main à Charny, qui déposa sur cette peau lisse et blanche le baiser le plus passionné. Ce fut la blessure la plus décisive pour le duc qui observait ce manége ; il en ressentit l'aiguillon comme le taureau que perce et qu'irrite une banderille lancée.

— Monsieur de Charny, dit-il au chevalier en passant près de lui, vous m'avez prévenu

que vous comptiez demeurer toute la semaine.
aux *Armes du Roi*, c'est un meilleur endroit
que celui-ci pour y avoir querelle, car il donne
sur la jetée de Saint-Jean-de-Luz.

— Et près de la jetée il y a, n'est-ce pas,
monsieur le duc, un endroit où le flot ne monte
qu'à sept heures. A six j'y serai à vos ordres,
avec mon témoin.

— Et moi avec le mien, chevalier de Charny;
comptez sur moi.

La comtesse n'entendit rien de ce dialogue
rapide et monta bientôt dans le carrosse du duc
dont elle fit lever tous les mantelets pour qu'on
la vit bien, et que les bourgeois de Saint-Jean-
de-Luz comme les Français n'en réchappas-
sent pas malgré la trève.

III

L'anneau.

Donnant le bras à Gabriel, le chevalier prit
le chemin des *Armes du Roi* d'un air soucieux.
Son courrier basque venait déjà d'y remiser son
coche et le précédait le fouet en main.

Cette hôtellerie étant située à l'autre bout de
la ville, le chevalier avait le temps de repasser
en son esprit les diverses scènes dont il venait
d'être l'acteur.

M. de Charny, que, dans sa jeunesse, on appelait *le Mignon* *, qui depuis fut comte, mais qui n'était encore que chevalier, devait sa rage de duels à son humeur altière, que rendait plus chatouilleuse le malheur de sa naissance ; il était bâtard du duc d'Orléans (Gaston) et fils de cette pauvre Louison, *bien faite et de beaucoup d'esprit*, dit Mademoiselle, *pour une fille qui n'avait pas été à la cour.*

Un chagrin affreux de Louison avait été de voir que Monsieur ne voulait pas reconnaître le fils dont elle était mère ; elle s'était mise en religion à Tours aux filles de la Visitation, donnant à ses amis tout ce qu'elle avait pu avoir de chez elle ** et de Monsieur, et ne laissant que 20,000 livres à son fils, du revenu desquels on devait l'entretenir jusqu'à ce qu'il fût en état de

---

* Mémoires de Montpensier.
** Tallemant dit qu'elle appartenait aux principaux de la ville. Voir le chap. de M. d'Orléans (Gaston), tome III.

s'aller faire tuer à la guerre, si on ne le voulait pas reconnaître.

On peut juger, par cet abandon de Monsieur, de ce qu'avait dû être l'éducation de Charny ; il s'était lancé tout seul ; heureusement que ses manières élégantes le faisaient rechercher par tous, plus que sa jeunesse et sa fortune, qu'il était brave et véritablement garçon d'esprit. Il y avait chez lui un peu de Tancrède de Rohan dont nous avons écrit l'histoire ; seulement, au rebours de tous les bâtards nobles qui aiment leur père, celui-ci haïssait le duc d'Orléans, dont il désespérait de se voir jamais reconnu. Bien qu'il pût trouver dans la seule composition de la cour de France, à cette époque, une foule de positions analogues à la sienne, à commencer par le duc de Longueville, M. de Charny avait pris tellement à cœur son infortune, qu'à peine âgé de douze ans il mit l'épée à la main et faillit percer un gentilhomme qui parlait de lui d'une

manière douteuse *. D'une gaité folle par accès,
il tombait, en d'autres moments, dans l'excès
contraire. On lui connaissait un nombre de
maîtresses presque égal à ses rencontres, mais
aucune, jusque là, n'avait réussi à le fixer. Pour
arriver à ce but, ou plutôt à cette gloire, il eût
fallu trop combattre. Le chevalier, en effet,
chassait de race, et avait une bonne partie des
défauts de M. Gaston d'Orléans, son père, qui
avait toujours eu l'esprit un peu page, et à qui
Besançon chantait :

> Gaston, qui savez mieux que nous
> Tous les secrets de la taverne, etc.

Cependant, depuis deux ans à peu près, ses
censeurs eux-même le trouvaient assez rangé.
Il jouait moins, avait plus de peur des édits et

---

* Tallemant raconte ainsi le fait : « Ce petit garçon mit
l'épée à la main ; quelqu'un lui dit : — Rengatnez, petit vi-
lain , voilà le vrai moyen de n'être jamais reconnu. » — Monsieur, on le sait, ajoute Tallemant, n'était pas brave.

n'avait pas une seule fois tiré l'épée. Sa vie était
même devenue depuis son second voyage d'Espagne une vie sourde et mystérieuse ; on le
voyait toujours avec le jeune Gabriel de Chaville dont personne à la cour ne connaissait la
famille. Tout ce qu'on se rappelait, c'est que le
cardinal Mazarin, passant un jour à Saint-Sébastien, avait trouvé ce jeune homme si à son
gré, qu'il avait voulu l'enlever à Charny pour le
mettre dans ses pages. Le chevalier avait cru
devoir garder son protégé.

A un cœur aussi inflammable que celui de
notre héros, il ne fallait vraiment qu'une étin-
celle, les yeux de Concha venaient d'en faire
l'office ; Charny en entrant aux *Armes du Roi*
songeait encore à la grâce et à la beauté de la
comtesse de Liche.

— Vous voilà bien rêveur, chevalier, lui dit
Gabriel ; je ne vous ai point accompagné à votre
premier voyage lorsque vous suivites M. le duc

de Grammont à son ambassade, vous connais-
siez donc la comtesse de Liche?

— Jo l'ai rencontrée à Madrid, où le marquis
de Noirmoutier a jugé convenable de me présenter à elle.

— Sur votre prière, sans doute?

— Sur ma prière, c'est vrai; la comtesse est
charmante et cependant elle avait en ce temps
là un grand défaut.

— Lequel?

— Un mari... ce qui me gênait étrangement.
C'était le comte de Liche, qui a eu l'esprit de
mourir l'année dernière ; maintenant qu'elle
n'a plus qu'un duc.....

— Le duc de Medina..... avec lequel vous
voulez vous battre absolument. Tout de bon,
chevalier, ferez-vous cette folie?

Le chevalier avait envie de répondre, mais il
jugea prudent de s'arrêter ; Gabriel lui parais-
sant sans doute la dernière personne à laquelle

il eut dû faire la confidence de cet amour, et
puis ils entraient alors tous deux dans la chambre où l'hôtesse achevait de préparer leurs deux
lits. Ce pavillon de l'hôtel formait un corps
isolé. Le parquet de la chambre d'auberge était
recouvert de nattes (*espartas*) à la façon de
tous les parquets espagnols, et sur ce parquet
s'élevait une immense caisse en guise d'obélis-
que, c'était le précieux coffre contenant la gar-
derobe des deux voyageurs. Pendant que Gabriel en passait la revue avec grand soin, Charny
soupirait en se regardant à l'un de ses miroirs,
il songeait sans doute que c'eût été une cruauté
indigne de la comtesse que de résister à un
homme si bien tourné.

Voyant que Gabriel gardait le silence :

— Eh bien oui, dit-il, je me bats demain et
je veux pour cela mon plus bel habit. Mes gens
n'arriveront ici que dans deux jours, te voilà
forcé de me servir de page!

Et il siffla un air en cajolant le menton de
l'hôtesse qui revint dans la chambre avec un
flambeau. Elle était jolie, mince de taille, et
portait la tresse de cheveux nattés qui distingue
encore à cette heure les femmes des provinces
basques.

— Monsieur le chevalier a-t-il tout ce qu'il
lui faut? dit l'hôtesse.

— Tout, excepté la chose la plus essentielle,
un souper. Le dîner que j'ai fait aux *deux Anges* ne m'a pas chargé l'estomac, ma chère
hôtesse.

— Hélas! mon cher seigneur, nos dernières
provisions viennent d'être enlevées à l'heure
qu'il est par le maître d'hôtel de la comtesse de
Liche.

Gabriel sourit malicieusement à cette réponse.

— La comtesse fait donc grande chère, dit

le chevalier, je l'en félicite. Et il referma la porte sur lui d'un air d'humeur.

— Voilà une femme qui en veut à votre existence, dit Gabriel dès que l'hôtesse fut sortie ; elle vous a fait faire un mauvais dîner, et demain vous vous battez pour elle!

— C'est vrai, je lui dois cela, reprit le chevalier en ajustant les boucles de sa perruque. Une si belle femme et un amoureux si jaloux que ce Medina ! Je gage qu'elle ne peut le souffrir.

— Que faites-vous donc Louis, dit Gabriel en se rapprochant du chevalier.

Charny ôtait en ce moment de son doigt un anneau fermé par une petite tête d'ange merveilleusement sculptée.

— C'est la première fois que je vous vois ôter cet anneau, Louis; auriez-vous peur que demain cette bague ne vous portât malheur en

duel? dit le jeune homme avec un accent d'é-
motion inaccoutumé.

— Non, mais c'est que je crains par-dessus
tout l'escrime espagnole... pour les bagues s'entend... Courcelles, capitaine aux gardes, m'a
dit qu'il avait eu son anneau d'alliance faussé
par un gentilhomme catalan avec lequel il s'était
battu..... Ils ont de ces dégagements et de ces
coups!...

— Convenez, Louis, que si vous allez demain à ce rendez-vous, ce sera moins pour le
duc que pour la comtesse. Vous mourez d'envie
de vous mettre en renom près d'elle, de faire
grande rumeur dans la ville à son sujet; n'ai-je
pas vu de quel œil vous suiviez chacun de ses
gestes durant le repas, ne m'avez-vous pas
dit que vous l'avez connue déjà à Madrid, et ne
m'avez-vous pas soutenu vingt fois qu'une maîtresse Espagnole vaudrait pour vous dix Françaises?

— Si j'ai dit cela, balbutia Charny, effrayé
lui-même de son paradoxe, ce devait être un
jour où j'étais las, persécuté, où celle que j'aimais s'attachait à mes pas obstinément... Oui,
continua le chevalier en couvrant d'essence à la
jonquille sa perruque pour le lendemain, et en
coiffant son chef d'un charmant petit serre-tête
rose qui le faisait ressembler à un mandarin avec
ses grandes moustaches, il y a des femmes qui
font consister leur bonheur dans la domination,
des femmes qui nous traitent en esclaves quand
nous oublions de nous poser près d'elles en
maîtres, des femmes, en un mot, qui peuvent
nous montrer, le premier mois d'un amour, des
mouvements de jalousie fort obligeants, mais
dont à la longue l'insistance nous importune.
Gabriel, connaissez-vous de ces femmes-là?

— Oui, j'en connais, vraiment, chevalier,
dit le jeune homme en fixant Charny ; mais je
sais aussi que la plupart du temps on se plaît à

méconnaître leur affection , trop heureuses
quand elles ne sont pas calomniées! Trop souvent elles ont affaire à des ingrats; trop souvent
ceux-là même qui se plaignent de leur jalousie
se font une joie singulière de l'exciter. Hélas!
ils oublient trop vite à leur tour à quels cœurs
délicats et généreux ils ont affaire, sur quels
dévouements ils marchent à plaisir, les insensés!
à quelles chimères surtout ils tendent souvent
les bras. Oui, continua Gabriel, il y a de ces
hommes auxquels on a tout donné, et qui vous
ferment un jour brusquement l'accès de leur
cœur, des hommes qui regardent comme un
joug les meilleures et les plus tendres sentiments. A votre tour, Louis, connaissez-vous
de ces hommes-là?

Il y eut entre eux un silence de quelques secondes, après lequel le chevalier s'en fut considérer une épée de forme espagnole qu'il avait
achetée l'année d'avant au Rastro de Madrid,

et dont il fit plier la lame comme un gant,
après l'avoir tirée d'un fort bel étui de serge.

— Vous parlez d'or, Gabriel, dit-il à son in-
terlocuteur, vous me faites l'effet de Massillon.

— Vous trouvez, Louis? Par malheur je ne
convertis pas comme lui.

— Vous êtes peut-être plus sévère. Mais parlons raison : quel témoin vais-je prendre? Je
n'ai pas envie de vous exposer demain, dit
Charny, en passant sa robe de chambre.

— Louis, s'écria Gabriel, par pitié pour moi,
par égard pour vous, qui seriez sujet aux peines
décrétées par les édits, vous n'irez point à ce
duel! Non! vous n'irez point, poursuivit Gabriel en se plaçant devant lui résolument.

— Enfant! reprit Charny, vous m'avez fait
souvent de ces scènes-là. Songez qu'il faut être
demain sur pied de bonne heure. J'ai bien envie
d'écrire à ce capitaine Malagotti, qui m'a l'air

cependant d'un vieux renard. S'il allait me dénoncer !

— Raison de plus pour ne pas vous battre,
Charny ; d'ailleurs, ne suis-je donc plus rien
pour vous? dit Gabriel, en regardant l'anneau
du chevalier. Des larmes mouillaient ses longs
cils, et ses deux mains s'étaient jointes avec angoisse.

— Gabriel, dit Charny en faisant sur lui un
effort déterminé, Gabriel, il faut que vous me
quittiez demain au point du jour. L'hôte me
donnera bien un serviteur sûr et zélé, et mon
courrier vous conduira tous deux à Saint-Sébastien, où je ne tarderai pas à vous rejoindre.

— Vous quitter, Louis, vous quitter! voilà
donc ce que vous exigez de moi ! Vous voulez
vous défaire d'un surveillant incommode; vous
aimez la comtesse, vous me sacrifiez à elle, je le
vois bien !

— Eh bien! oui, reprit Charny, pressé d'en

finir et cédant à l'impétuosité de son caractère ;
eh bien ! oui, j'aime la comtesse. Après tout, je
suis libre, et nul n'a, je pense, le droit de mettre obstacle à mes projets. Oui, vous l'avez dit,
je veux me défaire d'un surveillant incommode... Vous m'avez suivi depuis Paris, suivi
contre mon gré, contre mon devoir et le vôtre...
il faut maintenant...

— Arrêtez, monsieur de Charny, interrompit Gabriel, n'allez pas plus avant, vous venez
de jeter le masque, c'est bien. Dès demain vous
serez libre, chevalier. Seulement, puisque je
contrarie vos moindres désirs, que je viens toujours me jeter à la traverse de ce qui vous plaît,
vous enchante... permettez-moi, Louis, ajouta
Gabriel d'une voix plus douce et en promenant
sur Charny son regard d'ange, de laisser ici,
avant de vous quitter, ces habits sous lesquels
j'avais cru que vous m'aimeriez toujours... ils
me sont maintenant odieux à tout jamais !

Et dépouillant à la hâte son pourpoint cha-
marré, ôtant son baudrier et sa cravate à glands
d'or, Gabriel, dans le dépit mutin qui l'agitait,
laissa entrevoir au chevalier des charmes que
celui-ci connaissait déjà, des épaules, un cou
de femme défiant la blancheur du cygne, et qui
apparurent à l'œil de Charny comme un reproche adressé à sa coupable indifférence. Blottie
bientôt dans l'une des robes de chambre du
chevalier, la jeune et charmante fille, en fer-
mant sur elle ce rideau d'un nouveau genre, ne
put empêcher que Charny ne se détournât pour
l'admirer encore. Ayant terminé sa toilette de
nuit, elle se mit au lit sans faire au chevalier
d'autre reproche.

Pour Charny, jugeant que la résignation de
la jeune fille cachait un véritable dépit, et se fé-
licitant d'ailleurs de la tournure qu'avait pris la
chose, il ne tarda pas à s'endormir rêvant de
Concha, comme le valeureux don Quichotte dut

rêver de Dulcinée ; seulement, et par un reste
de pudeur vis-à-vis de ses souvenirs, il mit à
son doigt l'anneau que sa maîtresse lui avait
donné, mais que sa loyauté habituelle lui faisait
regarder comme un signe onéreux d'alliance.

FIN DU PREMIER VOLUME.

TABLE

DU PREMIER VOLUME.

—

LE CYGNE.

LE CHEVALIER DE CHARNY.

Sceaux, — Impr. de E. Dépée.

20 1/2

Librairie de Dumont.

EN VENTE.

	in-8.	fr.	c.
L'Exilé, par la duchesse d'ABRANTÈS.	2 vol.	15	»
Jeanne, par madame CAMILLE BODIN.	2 vol.	15	»
Scènes de la Vie espagnole, par la duchesse d'ABRANTÈS.	2 vol.	15	»
Les Femmes de la Régence, par PAUL DE MUSSET.	2 vol.	15	»
Une Soirée chez madame Geoffrin, par la duchesse d'ABRANTÈS.	1 vol.	7 50	
Le Marquis de Pontanges, par Mme DE GIRARDIN (DELPHINE GAY).	2 vol.	15	»
Quatre Ans sous Terre, par JULES LACROIX.	3 vol.	22 50	
La Canne de Monsieur de Balzac, par madame DE GIRARDIN.	1 vol.	7 50	
Un Été à Meudon, par FRÉDÉRIC SOULIÉ.	2 vol.	15	»
Godolphin, par l'auteur de Trevelyan, etc., etc.	2 vol.	15	»
Les Nuits de Londres, par MÉRY.	2 vol.	15	»
Doverston, par l'auteur de Trevelyan, etc.	2 vol.	15	»
Guise et Riom, par PAUL DE MUSSET.	2 vol.	15	»
Love, par l'auteur de Trevelyan.	2 vol.	15	»
Une Femme malheureuse, par P.-L. JACOB, (bibliophile).	2 vol.	15	»
Emma, par l'auteur de Trevelyan.	2 vol.	15	»
Malheur du Riche et Bonheur du Pauvre, par C. BONJOUR.	1 vol.	7 50	
La Rente viagère, par JULES LACROIX.	2 vol.	15	
Inès de las Sierras, par CHARLES NODIER.	1 vol.	7 50	
Marie de Mancini, par madame SOPHIE GAY.	2 vol.	15	»
Les quatre Talismans, par CHARLES NODIER.	1 vol.	7 50	
Le Notaire de Chantilly, par LÉON GOZLAN.	2 vol.	15	»
Scènes de la Vie italienne, par MÉRY.	2 vol.	15	»
La Duchesse de Châteauroux, par madame SOPHIE GAY, 2e édit.	2 vol.	15	»
Les Tourelles, histoire des Châteaux de France, par LÉON GOZLAN.	2 vol.	15	»
Salons célèbres, par madame SOPHIE GAY.	1 vol.	7 50	
Valdepeiras, par H. ARNAUD (Mme CHARLES REYBAUD).	2 vol.	15	»
La Comtesse d'Egmont, par madame SOPHIE GAY.	2 vol.	15	»
Tonadillas, par EUGÈNE SCRIBE.	2 vol.	15	»
Or, devinez! par madame ÉLISE VOIART.	2 vol.	15	»
Un Diamant à dix facettes, par MM. PAUL DE KOCK, FRÉDÉRIC SOULIÉ, etc., etc.	2 vol.	15	»
Melchior, par madame C. BODIN (JENNY BASTIDE).	2 vol.	15	»
Les Deux Maîtresses, par A. DE MUSSET.	1 vol.	7 50	
Violette, par madame DESBORDES-VALMORE.	2 vol.	15	»
Souvenirs intimes du temps de l'Empire, par ÉMILE MARCO DE SAINT-HILAIRE.	2 vol.	15	»
L'Abbesse de Castro, par STENDHAL.	1 vol.	7 50	
La Neuvaine de la Chandeleur, par CHARLES NODIER.	1 vol.	7 50	
Carlo Broschi, et la Maîtresse anonyme, par E. SCRIBE.	2 vol.	15	»
Frédéric et Bernerette, par A. DE MUSSET.	1 vol.	7 50	
Le Banquier de Bristol, par JULES LACROIX.	2 vol.	15	»
La Chambrière, par FRÉDÉRIC SOULIÉ.	1 vol.	7 50	
Les Trois Marie, par MICHEL MASSON et LAFFITTE.	2 vol.	15	»
Fille, Femme et Veuve, et Adèle Launay, par AUG. ARNOULD.	2 vol.	15	»
La Femme ou les six Amours, par Mme ÉLISE VOIART, 3 édit. (in-12).	6 vol.	»	»
Louise, par la duchesse d'ABRANTÈS.	2 vol.	15	»
Quinze Jours au Sinaï, par ALEXANDRE DUMAS, 2e édit.	2 vol.	15	»
Anaïs, par madame CAMILLE BODIN (JENNY BASTIDE).	2 vol.	15	»
Hortense, par ALPHONSE KARR.	1 vol.	7 50	
Le Chevalier de Chaville, par P.-L. JACOB (bibliophile).	1 vol.	7 50	
Impressions de Voyage, par ALEXANDRE DUMAS, 3e édit.	5 vol.	35	»
Basile, par MICHEL MASSON.	2 vol.	15	»
Maître Adam le Calabrais, par ALEXANDRE DUMAS.	1 vol.	7 50	
Scènes populaires, par H. MONNIER, 4e édit.	2 vol.	15	»
Othon l'Archer, par ALEXANDRE DUMAS.	1 vol.	7 50	
Nouvelles Scènes populaires, par H. MONNIER.	2 vol.	15	»
Le Maître d'Armes, par ALEXANDRE DUMAS.	3 vol.	22 50	
Georges et Fabiana, par H. ARNAUD (Mme CHARLES REYBAUD).	2 vol.	15	»
La Comtesse de Salisbury, par ALEXANDRE DUMAS.	2 vol.	15	»
Le Peloton de fil et le Cabaret des Morts, par ROGER DE BEAUVOIR.	2 vol.	15	»
Isabel de Bavière, par ALEXANDRE DUMAS, 3e édit.	2 vol.	15	»
Le Comte de Mansfeldt, par A. DE LAVERGNE.	1 vol.	7 50	
Souvenirs d'Antony, par ALEXANDRE DUMAS, 3e édit.	1 vol.	7 50	
La Course au Clocher, par A. DE LAVERGNE.	1 vol.	7 50	
Pauline et Pascal Bruno, par ALEXANDRE DUMAS, 2e édit.	2 vol.	15	»
Louison d'Arquien, par CHARLES RABOU.	1 vol.	7 50	
Le capitaine Paul, par ALEXANDRE DUMAS, 2e édit.	2 vol.	15	»
Caliste, par madame CAMILLE BODIN.	2 vol.	15	
Acté, par ALEXANDRE DUMAS, 2e édit.	2 vol.	15	»
Jacques Callot, par madame ÉLISE VOIART.	2 vol.	15	»
Aventures de John Davys, par ALEXANDRE DUMAS.	4 vol.	30	»

Sceaux. — Impr. de E. Dépée.

www.ingramcontent.com/pod-product-compliance
Lightning Source LLC
Chambersburg PA
CBHW070302040726
47505CB00020B/1472